le maître de Singapour

Barbara Cartland est une romancière anglaise dont la réputation n'est plus à faire.

Près de trois cents romans variés et passionnants mêlent aventures et amours.

Les Éditions J'ai Lu *en ont déjà publié plus de cinquante que vous retrouverez dans le catalogue gratuit disponible chez tous les libraires.*

Désormais les Éditions J'ai Lu *publient également* Les romans préférés de Barbara Cartland, *un choix des livres qui ont enchanté sa jeunesse.*

BARBARA CARTLAND

le maître de Singapour

traduit de l'anglais par Jean-Louis Lassère

Éditions J'ai Lu

Ce roman a paru sous le titre original :

THE MAGNIFICENT MARRIAGE

NOTE DE L'AUTEUR

Selon un phénomène médical connu, on peut guérir de l'eczéma sous un climat chaud et humide comme celui de l'Asie du Sud. J'ai moi-même assisté à cela en l'espace d'une nuit à Singapour et à Bangkok.

Alors que sir Maximus Kirby et Dorinda sont des personnages imaginaires, Singapour est décrit au cours d'une période réelle de son histoire, de même que l'épisode des pirates est véridique.

Les morsures de serpent étaient traitées comme il est décrit, en Angleterre et ailleurs, il y a encore vingt-cinq ans.

1

Le comte d'Alderburne leva les yeux de la lettre qu'il lisait et sourit d'un air satisfait.

– Enfin, elle est là, Elizabeth! s'exclama-t-il.

La comtesse, assise à l'autre extrémité de la table, lui lança un regard surpris.

– Qui est là?

– La lettre de Kirby, que diable! Vous savez bien, celle que j'attends depuis si longtemps!

– Ah... bien sûr. Il est vrai que cela vous a rendu assez désagréable, mon cher Hugo. Que dit cette lettre?

Le comte la relut et retrouva son air enchanté.

– Il demande que Letty s'embarque pour Singapour le mois prochain, sur le paquebot *Osaka*.

– Pour Singapour?

Lady Lettice Burne ne pouvait croire ce qu'elle venait d'entendre. Elle reposa sa tasse en tremblant.

– A Singapour, papa? Non... Non... Je ne peux pas... Il n'en est pas question!

– Allons, Letty, lui dit son père d'une voix apaisante. Nous avons souvent parlé de tout cela. Tu m'as affirmé que tu étais impatiente d'épouser Maximus Kirby.

– Pas à... Singapour, papa! Vous m'aviez dit qu'il viendrait ici. D'ailleurs, c'était il y a bien longtemps...

Les mots se perdirent dans un soupir de lassitude et les yeux bleus de lady Lettice s'emplirent de larmes.

– Je ne veux pas... l'épouser, papa! Je ne veux... épouser... personne!

– Cela n'a pas de sens, Letty, tu le sais très bien! intervint la comtesse, en posant un regard inquiet sur sa plus jeune fille.

– Mais enfin, Letty, lorsque Maximus Kirby est venu ici, tu l'as trouvé très plaisant, dit le comte comme s'il s'adressait à une fillette de dix ans.

– Il m'avait apporté les... petits perroquets, dit-elle d'une voix tremblante. C'était très gentil... mais je ne veux pas l'épouser. Je ne veux pas quitter cette maison, je veux rester avec vous, papa.

Le comte la regarda d'un air consterné, presque comique. Il ne supportait pas les larmes et ne savait jamais refuser la moindre chose à Letty. Elle était si jolie.

Ses cheveux étaient blonds comme les rayons du soleil. Sa peau blanche et rose était d'une pureté parfaite. Ses yeux bordés de cils noirs et sa bouche mignonne auraient comblé plus d'un portraitiste.

On aurait pu s'attendre à ce qu'elle soit la coqueluche de tous les jeunes gens du comté, mais alors qu'ils s'empressaient autour d'elle dès qu'elle paraissait, ils s'en éloignaient bien vite pour rechercher une compagne moins belle mais plus intéressante.

Ainsi, au terme de son premier séjour à Londres pour la saison, le comte, intelligent et avisé, dut se rendre à l'évidence : sa plus jeune fille ne pourrait faire le brillant mariage qu'il espérait!

Il restait, bien sûr, la possibilité qu'un vieux pair du royaume trouve dans la grâce de ses traits une compensation à la pauvreté de son intelligence, mais pour le moment, cela paraissait peu probable.

– Non seulement elle n'a rien à dire, mais elle

n'écoute jamais rien, avait dit le comte à son épouse à la sortie d'un grand bal.

En effet, vers la fin de la soirée, les cavaliers de la jolie Letty s'étaient faits de plus en plus rares!

– Je sais, Hugo, lui avait répondu la comtesse. Pourtant, je lui ai dit et répété que les hommes attendent d'une femme qu'elle soit attentive à leurs propos et qu'elle sache rire à leurs plaisanteries.

– Mais à quoi diantre pense-t-elle?

– Hugo, surveillez votre langage.

– Veuillez m'excuser, ma chère. Cependant, vous admettrez que c'est exaspérant! Je ne connais pas de jeune fille plus jolie que Letty et malgré cela, je dois abandonner tout espoir d'avoir un gendre fortuné!

La comtesse avait profondément soupiré. Elle aussi avait envisagé pour sa fille un parti honorable qui viendrait à point pour relever la situation financière de la famille. La résidence d'Alderburne Park était hypothéquée des caves aux greniers. Les dettes s'accumulaient et il semblait bien que le seul capital intact fût, en effet, la beauté incomparable de Letty.

C'est alors que de retour au château après une saison passée à Londres – période dont le comte ressentait cruellement le prix – Maximus Kirby avait fait sa première apparition.

Tout d'abord, l'idée qu'il pût devenir son gendre n'avait même pas effleuré le comte. Kirby lui avait été présenté au White's Club par un pair de ses amis qui lui avait dit sur un ton qui n'avait rien de confidentiel :

– J'ai votre homme, Alderburne! Il veut acheter des chevaux pour les emmener en Orient. Il est riche comme Crésus et il est prêt à payer n'importe quel prix pour obtenir ce qu'il désire.

Le comte devait découvrir que cela n'était pas tout à fait vrai!

Maximus Kirby n'était pas aussi dépourvu de

jugement que son ami semblait le dire. Certes, il était très riche, mais assez sagace pour obtenir en échange de son argent des choses de valeur. Cependant, il était prêt à payer les chevaux du comte au-dessus des cours. Quand le comte l'invita à Alderburne Park pour les voir, il les choisit en connaisseur et repoussa d'un geste dédaigneux ceux qui n'étaient pas de première qualité.

La comtesse avait alors fait remarquer à son époux que Kirby n'était pas seulement un homme riche, mais aussi un mari tout à fait convenable pour leur fille Letty.

– C'est un gentilhomme, affirma-t-elle. Et s'il nous semble un peu extravagant après tout ce temps passé en Orient, cela ne diminue en rien ses chances de faire un excellent mari.

– Voulez-vous dire que...? avait demandé le comte incrédule.

– Je l'ai vu regarder Letty à plusieurs reprises hier soir après dîner, avait dit la comtesse. Vous verrez, Hugo, je suis certaine qu'il se déclarera avant de partir.

– Mais Letty serait obligée de vivre à l'étranger! On m'a dit que Kirby avait d'immenses propriétés en Malaisie.

– Depuis l'ouverture du canal de Suez, il y a dix ans, il faut moins de temps pour se rendre en Orient, dit la comtesse. Lord Avon disait la semaine dernière qu'on peut aller en Inde en vingt-cinq jours!

– Il est certainement convenable, avait murmuré le comte – et il ne parlait pas de lord Avon.

– Je le trouve délicieux, avait répondu la comtesse.

M. Kirby avait eu là une alliée sûre, cela ne faisait aucun doute. Quelle femme aurait pu résister au charme étrange de ce boucanier? Maximus Kirby attirait les femmes. Cette qualité, alliée à celles d'un grand sportif, le rendait très populaire auprès de ses amis. Son audace rendait les maris jaloux, mais il était en même temps fort bien élevé, et l'éclat de sa personnalité semblait donner à Alderburne Park une nouvelle vie.

Non seulement il avait acheté les meilleurs chevaux du comte, mais il avait offert un bon prix de plusieurs tableaux, d'un petit meuble laqué Queen Anne et de quelques livres précieux auxquels le comte n'avait jamais accordé un regard.

Seule Dorinda avait manifesté quelque regret de voir disparaître ces objets et avait regardé les étagères vides le cœur serré, mais elle savait qu'on ne pourrait plus les regarnir.

C'était maintenant à Dorinda, assise en face d'elle à la table du petit déjeuner, que Letty s'adressait en tremblant :

– Tu sais bien, toi, Dorinda... que je ne peux pas me marier! Essaie de faire comprendre à papa que je n'aime pas les hommes; ils me font peur!

– M. Kirby est différent des autres, répondit Dorinda. N'a-t-il pas été gentil de te donner ces deux charmants perroquets? Quand tu seras installée à Singapour, tu pourras avoir une volière d'oiseaux exotiques. Comme ce sera amusant!

– C'est ici que j'en voudrais une, dit Letty.

– Il ferait trop froid pour eux, et ils mourraient.

Le ton de Dorinda était ferme mais en même temps enjôleur. Et Letty, qui fixait sa sœur de ses yeux bleus, ressemblait au portrait de quelque beauté en détresse.

Elle était l'une des rares personnes qui osât regarder Dorinda en face. Peut-être, perdue qu'elle était dans ses pensées, ne la voyait-elle pas comme les autres.

Le comte, même lorsqu'il parlait à sa fille aînée, ne la regardait jamais. Dorinda y était maintenant habituée. Elle avait vingt et un ans et elle était résignée à ne pas se marier. Cependant, elle trouvait cruel que Letty, pourtant si belle, affirmât qu'elle avait peur des hommes. Il était rare que Dorinda eût l'occasion de parler à d'autres hommes que son père ou les serviteurs de la maison.

Depuis sa petite enfance, elle était atteinte d'une maladie de peau qui la défigurait et dont les marques recouvraient tout son corps. Si elle pouvait aisément dissimuler ses bras et ses jambes, elle ne pouvait cacher son visage qui présentait un spectacle insoutenable.

Les docteurs avaient dit tout d'abord qu'il ne s'agissait que d'un effet de l'adolescence.

– Beaucoup de jeunes filles ont une vilaine peau à cet âge, avaient-ils déclaré après avoir recommandé diverses lotions et crèmes qui ne faisaient qu'augmenter l'irritation.

Quand Dorinda avait eu dix-sept ans, la comtesse avait fait des efforts désespérés pour sa guérison. Ç'avait été le moment d'envisager sa présentation à la Cour, de l'emmener à Londres pour la saison et de donner un bal à Alderburne Park en son honneur. Mais était-il nécessaire d'engager tant de dépenses pour une jeune fille qui faisait fuir les gens, sinon par dégoût, tout au moins par pitié? Certaines personnes craignaient que cette affection ne fût contagieuse. Les médecins affirmaient cependant qu'il n'en était rien.

– Mais comment pourrons-nous faire comprendre aux gens que cette maladie n'est pas contagieuse? avait soupiré Dorinda. Dois-je l'écrire sur mon front?

Mais personne n'avait rien pu pour elle et elle avait dû se résigner à vivre à l'écart de la société.

– Ne vous occupez pas de moi, maman, disait-elle à la comtesse, et épargnez votre argent pour Letty. Rien de ce que vous ferez ne m'empêchera d'être laide!

Cela était vrai, hélas, bien que la comtesse refusât de l'admettre. Les plus jolies robes et les bonnets les plus coquets ne faisaient qu'accentuer l'infirmité de Dorinda. Tous finirent par se rendre à l'évidence.

Elle demeura au château. Elle ne sortait que pour accompagner Letty qui ne la quittait pas une seconde. Le tact, ou plutôt la timidité de Dorinda en présence d'étrangers, devint une habitude pour les autres membres de la famille.

Il lui arrivait d'accompagner sa sœur jusqu'à la porte de la salle de bal, et de disparaître aussitôt après.

Elle devint très habile à s'occuper de tout dans la maison sans qu'aucun des invités qui venaient à Alderburne Park ne soupçonne son existence. Il lui arrivait de songer en souriant qu'elle était comme le fantôme qui, disait-on, hantait le grand escalier et l'aile ouest du château. Mais à l'inverse des fantômes, Dorinda était utile et efficace.

– Oh! laissons cela à Dorinda, disait parfois le comte. Elle seule sait ce dont j'ai besoin!

– Chef, vous verrez lady Dorinda pour le menu! disait la comtesse.

– Où est Dorinda? j'ai besoin d'elle... je veux voir Dorinda, geignait Letty.

Elle seule, en effet, parvenait à la persuader de descendre à l'heure pour le dîner, et savait la coiffer avec l'adresse d'un coiffeur professionnel. C'était elle aussi qui, l'an passé, l'avait préparée à son futur mariage :

– Songe au bonheur de vivre constamment au soleil! Songe à toutes les fleurs que l'on peut voir à Singapour, aux oiseaux multicolores... Je suis certaine que tout cela te plaira.

J'aurais dû m'attendre, pensait maintenant Dorinda, à ce que papa annonce la nouvelle à Letty sans ménagement et la contrarie.

– Je ne veux pas partir, disait-elle. Je veux rester ici avec Dorinda et vous, papa. Je n'aime que vous.

Je suis heureuse avec vous, je ne veux pas me marier!

– Mais, Letty, pense aux belles robes que tu auras, hasarda le comte, aux bijoux extraordinaires! Maximus Kirby est assez riche pour te couvrir de diamants et de perles!

– Je n'aime pas les perles!

Le comte lança un regard désespéré à son épouse.

– Je crois, Hugo, qu'il vaudrait mieux laisser à Dorinda le soin de conter à Letty le beau voyage qu'elle va faire, dit la comtesse avec diplomatie.

– Il faut que j'envoie un télégramme à Kirby, expliqua le comte, car il croit que le départ de Letty est fixé au 10 janvier.

– Je n'irai pas! répéta Letty en se levant brusquement. Je ne veux pas partir! Je veux rester avec vous! Je sais que vous ne m'aimez pas... que vous ne voulez pas de moi... mais je ne partirai pas! quoi que vous puissiez dire ou faire! Elle éclata en sanglots et sortit de la pièce en courant.

– Il faudra la convaincre, Dorinda, dit le comte à sa fille aînée.

– J'espère que M. Kirby ne croit pas que Letty va voyager seule, s'exclama la comtesse.

– Certainement pas! répondit le comte. Kirby dit dans sa lettre que nous avons sans doute envisagé de désigner quelqu'un pour l'accompagner, mais qu'il a d'ores et déjà demandé à lady Anson – l'épouse du gouverneur de Penang –, qui voyagera sur le même bateau, de bien vouloir se mettre en rapport avec elle!

– Quelqu'un pour l'accompagner? reprit la comtesse. Mais à qui allons-nous demander maintenant? Une personne qui voudra bien faire le voyage et qui devra plaire à Letty?

– Nous finirons bien par trouver quelqu'un, dit le comte, agacé.

– Quelqu'un, certainement! Mais qui? insista la

comtesse. M. Kirby accepterait-il de payer le voyage à une femme de chambre, par exemple?

Le comte consulta de nouveau la lettre.

– Oui, précisément; il nous envoie une Chinoise qui aurait, selon lui, déjà quitté Singapour. Il semble avoir tout arrangé avec la compagnie afin qu'elle se trouve à bord de l'*Osaka* à Tilbury, quand Letty embarquera.

– Il est vraiment très prévenant, soupira la comtesse.

– Je ne pense pas qu'il eût été commode d'envoyer une de nos femmes de chambre aux antipodes! reprit le comte. D'ailleurs, il est préférable que Letty s'habitue aux serviteurs chinois.

– Je les crois excellents, honnêtes, travailleurs et fidèles à leurs maîtres.

– Alors il n'y a plus de problème de ce côté-là, remarqua le comte. Mais pour ce qui est de la dame de compagnie, je ne vois pas qui choisir. Il faudra quelqu'un qui soit capable de distraire Letty.

– Je l'accompagnerai moi-même, papa, dit alors Dorinda.

Le comte sursauta.

– Toi, Dorinda? Cela serait...

– Délicat! acheva-t-elle, surtout si j'y vais sous le nom de Dorine Alderburne, sœur de Letty. Mais je ferai en sorte que personne ne sache qui je suis.

Au bout d'un moment, elle ajouta :

– Dès que Letty sera mariée, je reviendrai.

– Seule sur un bateau? s'étonna la comtesse.

– Ne craignez rien, maman, dit-elle.

– Ta maman a raison, bougonna le comte. C'est inconcevable pour une jeune fille de ton âge et de ton rang.

– Personne ne saura qui je suis, dit-elle encore. Je choisirai un nom quelconque. C'est sans importance. Ce qui compte, c'est que Letty soit heureuse. Si je ne l'accompagne pas, je doute qu'elle accepte d'épouser M. Kirby à son arrivée.

Il y eut un long silence autour de la table, et chacun sans doute songea au caractère difficile de Letty et à ses caprices fréquents. L'horreur qu'elle avait du mariage était la conséquence d'un incident qui s'était produit deux ans auparavant.

Elle n'avait pas encore seize ans lorsque le comte l'emmena à un bal. Il était fier de sa fille et voulait la montrer un peu. La soirée avait été très réussie et le comte s'était tellement amusé en compagnie de ses camarades de chasse qu'il ne voulait plus rentrer même quand la comtesse en manifesta le désir.

Letty s'était un peu éloignée de ses parents et un jeune homme légèrement enivré l'avait embrassée. On aurait pu dire pour sa défense qu'il n'avait rencontré chez cette jeune fille au regard vide aucune opposition.

Il l'embrassa donc passionnément, et quand il relâcha son étreinte, elle tomba à ses pieds, évanouie. On appela la comtesse; le galant fit des excuses maladroites. Letty rentra chez elle terrifiée et à demi étourdie et fut confiée aux soins de Dorinda.

Pour toute autre jeune fille, un tel épisode eût été vite oublié. Mais chez Letty, il laissa une marque profonde : elle en conçut une véritable aversion pour les hommes, même les plus inoffensifs.

– Il ne faut pas avoir peur d'Untel, lui disait Dorinda. C'est le garçon le plus doux que je connaisse.

– Je ne veux pas... danser avec lui, répondait Letty. Je n'aime pas que les hommes... me touchent.

– Mais ma chérie, ils ne te feront aucun mal!

– Ils... me regardent dans les yeux! Ils me parlent à l'oreille...

– Ils te disent simplement que tu es belle, lui expliqua sa sœur. Tu aimes entendre dire que tu es belle, n'est-ce pas Letty?

– J'aime que ce soit papa et toi qui me trouviez belle, mais je ne veux pas que les hommes me regardent!

– C'est ridicule, disait la comtesse à sa fille aînée. Letty devrait être débarrassée de ces réactions d'enfant maintenant!

– Il faut lui en laisser le temps, maman, expliquait Dorinda pour la consoler un peu.

En vérité, elle se rendait parfaitement compte que plus Letty avançait en âge, moins elle aimait la compagnie des hommes.

– J'espère, dit le comte exaspéré par les caprices de sa fille, que Letty ne va pas se rétracter à quelques semaines de son mariage avec Kirby!

– Pourtant, vous avez entendu ce qu'elle a dit, papa!

– Elle ne peut pas faire ça! dit fermement le comte. Cette fois, je vais me fâcher! Les filles épousent l'homme qu'on leur dit d'épouser, cela ne se discute pas! (Puis il ajouta :) Le duc me disait la semaine dernière que ses filles ne lui causaient pas le moindre souci, et il en a sept! Il les a toutes mariées à des aristocrates fortunés.

– Tout ceci arrive parce que vous avez gâté exagérément Letty depuis son plus jeune âge, Hugo! s'écria la comtesse.

– Fariboles! Comment pouvais-je prévoir qu'elle se comporterait ainsi? tonna-t-il.

Il se leva brusquement et repoussa sa chaise.

– Dieu sait que nous sommes assez malheureux de n'avoir pas eu de fils pour me succéder! Deux filles! et toutes deux bizarres, chacune à sa façon; c'est plus qu'un homme n'en peut supporter!

– Vraiment, Hugo! Comment pouvez-vous être aussi dur avec cette pauvre Dorinda?

Le comte jeta un regard vers sa fille aînée, mais avant qu'il ait pu prononcer un mot, Dorinda lui dit :

– Ce n'est rien, papa, je comprends. Vous devez

de l'argent à M. Kirby, n'est-ce pas? C'est pour cela que Letty doit l'épouser?

– Hugo, s'écria la comtesse, est-ce vrai?

Le comte s'avança vers la cheminée où brûlait une grosse bûche.

– C'est... exact, ma chère, commença-t-il.

– Comment avez-vous pu contracter des dettes avant le mariage de Letty, quelle humiliation!

– Eh bien... j'étais un peu... à court à ce moment-là. Mais comme il avait pris mes six meilleurs chevaux, il devait me revenir un peu d'argent.

– Qu'est devenu le produit de la vente des chevaux? demanda la comtesse.

– Comment osez-vous le demander? Les créanciers étaient à notre porte. Maudits soient-ils! Vous le sauriez si vous écoutiez un peu ce que je dis. Je n'avais pas le choix, ou bien c'était la ruine et l'abandon de la maison à Kirby.

La comtesse pinça les lèvres.

– Combien lui avez-vous emprunté? Et aviez-vous la certitude qu'une fois devenu votre gendre il ne vous demanderait pas la restitution de cette somme?

Il y eut un silence pesant au terme duquel le comte avoua :

– Si vous voulez le savoir... dix mille livres!

La comtesse poussa un cri d'horreur et quitta la pièce sans un mot.

Dorinda regarda son père.

– Je suis navrée, papa, je n'aurais jamais dû parler de cela.

– Qu'importe maintenant! Pouvais-je faire autrement? Les dettes s'accumulaient et Kirby était trop heureux de me céder de l'argent en échange de cette promesse de mariage.

Dorinda soupira.

– Si elle refuse maintenant, il faudra que vous rendiez cet argent!

– Mais tu sais parfaitement que cela est impossible. Tu as vu les comptes? Ils n'ont aucun secret pour toi...

– Oui, je sais, papa, et j'admets que vous ne pouviez pas trouver dix mille livres sans vendre la maison et tout ce qu'elle contient.

– Je doute d'ailleurs que sa vente puisse rapporter cette somme, remarqua la comte.

– Vous avez raison, papa...

Le comte s'approcha de la fenêtre et regarda le jardin couvert de neige.

– J'ai pensé qu'après le mariage de Letty je pourrais peut-être acheter des chevaux pour Kirby et les lui expédier à Singapour. Des chevaux, ou tout ce qui pourrait l'intéresser. Il est assez riche pour m'accorder les petits profits que représenteraient pour moi de telles transactions.

– Je comprends, papa, dit Dorinda. Mais auparavant il faut persuader Letty de l'épouser. Je n'ai pas voulu le dire en présence de maman, mais elle ne cesse de répéter qu'elle préférerait mourir que de se laisser approcher par un homme, fût-il le plus riche.

– Grand Dieu! s'exclama le comte, j'aurais dû étrangler le crétin qui l'a embrassée au cours de ce bal!

– Cela devait de toute façon arriver un jour ou l'autre : Letty n'est pas comme les autres jeunes filles.

– Mais elle est belle, Dorinda. C'est la plus belle créature que l'on puisse imaginer. Elle est certainement capable d'éprouver des sentiments normaux. Les femmes veulent être aimées. Elles veulent se marier...

– Pas toutes.

– Cela ira mieux quand elle se sera faite à cette idée, dit le comte, comme pour se convaincre lui-même. Tout ce que tu as à faire, Dorinda, c'est la persuader que Kirby sera gentil avec elle.

Il s'interrompit un instant puis continua :

– Je supposais, bien entendu, qu'il viendrait ici, à Alderburne. J'étais prêt à lui parler moi-même de ces choses-là.

– Pourquoi n'accompagnez-vous pas Letty à Singapour, papa?

– Pour deux raisons fort simples. La première est que Kirby ne m'a pas envoyé l'argent du voyage, et la seconde, que les courses commencent dans un mois et que je dois être ici pour les handicaps de printemps, comme tu le sais.

– Oui, bien sûr, et je crois inutile d'y envoyer maman. Elle n'a aucune indulgence pour Letty.

– Letty est assez exaspérante pour venir à bout de la patience d'un saint. Il n'y a que toi qui puisses en faire quelque chose, Dorinda.

– Vous accepteriez que j'aille à Singapour avec elle?

– Je n'ai pas le choix. Pourtant, je ne sais trop ce que nous deviendrons pendant ton absence.

Au cours des semaines qui suivirent, Dorinda se rendit compte combien c'était vrai. Elle avait tant de choses à faire avant son départ! Souvent, elle allait se coucher très tard, épuisée par un emploi du temps trop chargé. Il fallait non seulement veiller au calme de Letty, mais acheter ses vêtements et accomplir les tâches habituelles indispensables à la bonne marche de la maison. Dorinda organisait tout jusque dans les moindres détails.

– Je vais faire appeler mademoiselle Hyde, dit-elle à son père et comme je dois être dame de compagnie, il serait préférable que je paraisse plus âgée que je ne le suis.

Comme son père ne disait rien, elle continua :

– J'ai commandé de nouvelles robes que vous devrez payer. Elles ne sont pas très chères, et je les ai choisies dans des tons gris. Ainsi on ne me remarquera pas auprès de Letty dont les toilettes seront gaies et colorées. Cela lui va si bien!

– Achète ce que tu voudras, Dorinda. Kirby m'a

envoyé un chèque assez important pour couvrir toutes ces dépenses.

– Oh papa, et vous n'en aviez pas parlé!

Le comte parut un peu gêné.

– C'est-à-dire que... je ne voulais pas que votre mère le sache, confessa-t-il. Elle me reproche assez tout ce que je dois à Kirby.

– Il vaut mieux ne pas lui en parler en effet, dit-elle.

Le comte posa sa main sur son épaule.

– Tu es généreuse, Dorinda, et bien plus raisonnable qu'un fils ne saurait l'être. Quel dommage...

Il n'acheva pas sa phrase. Mais Dorinda comprit combien il regrettait de n'avoir pas eu un héritier.

Une fois dans sa chambre, elle examina son visage dans la glace mais détourna bien vite son regard devant les cicatrices de sa lèvre supérieure et de son front.

Si seulement j'étais aussi belle que Letty, pensa-t-elle, j'aurais épousé un homme riche qui aurait pu aider papa. Il aurait été si fier que je devienne marquise ou peut-être duchesse! Alors, elle songea à Maximus Kirby et sentit un frisson la parcourir.

Le jour de son arrivée, elle l'avait vu d'une fenêtre du premier étage. Il descendait du phaéton de son père qui arrivait de Londres. Elle l'avait trouvé extrêmement séduisant. Elle s'était empressée de courir jusqu'au palier du premier étage pour le voir entrer. Son visage à la fois délicat et viril avait suscité d'étranges sentiments dans son cœur.

Ses traits n'étaient en aucune façon communs. La témérité de son regard, la moue de ses lèvres et la fermeté de son menton se combinaient pour donner à cet homme une expression inoubliable.

Maximus Kirby avait passé deux nuits à Alderburne Park, mais Dorinda ne lui avait pas été présentée. Il ne se doutait pas qu'elle l'observait.

Il y avait, dans la grande salle à manger, une loge

fermée par une grille de bois, destinée à recevoir des musiciens. Dissimulée dans l'ombre, elle avait ainsi assisté à tous les repas sans être vue. Elle l'avait vu monter à l'étage, ou en redescendre.

Elle s'était placée successivement à toutes les fenêtres de la maison pour l'apercevoir pendant que son père lui montrait le parc et les écuries. Elle avait écouté par la porte entrebâillée sa première conversation avec Letty et avait tressailli d'émotion en entendant le timbre grave de sa voix.

Il était entendu que Dorinda ne devait jamais se montrer lorsque ses parents recevaient des invités. C'était la règle.

Au second soir du séjour de M. Kirby, elle passa un long moment devant son miroir à se demander comment elle pourrait dissimuler ces terribles marques sur son visage et pour une fois, assister au dîner.

Quelques nobles des environs étaient également invités. Ils avaient accepté avec enthousiasme, impatients de connaître l'homme qui avait tant fait parler de lui à Londres.

– Tout le monde dit le plus grand bien de M. Kirby, lança l'épouse d'un invité. J'ai entendu dire que la reine l'a prié de venir à Windsor afin qu'il lui parle des merveilles qu'il fait à Singapour.

– De quoi s'agit-il? avait demandé le comte pour qui cette nouvelle ne manquait pas d'intérêt.

– Demandez à mon mari de vous raconter comment M. Kirby a amélioré le port, construit de nouveaux bâtiments et accompli bien d'autres prouesses dont je ne me souviens pas! avait-elle répondu.

– Il faut que j'entende cela, s'était dit Dorinda.

Elle s'aperçut que de nouvelles marques étaient apparues sur ses paupières et au coin des yeux. C'était sans doute le résultat de la journée de chasse à laquelle elle avait participé la semaine précédente. Ces journées la fatiguaient beaucoup et provoquaient généralement une nouvelle crise d'eczéma.

Comment aurait-elle pu apparaître ainsi devant Maximus Kirby! Il la regarderait tout d'abord avec dégoût puis détournerait les yeux, comme les autres.

Elle avait dû y renoncer. Le lendemain matin, elle l'avait regardé partir, le cœur serré. Toute la maison savait déjà qu'il avait demandé la main de Letty et que le comte lui avait donné son accord.

– Ce fut une agréable visite, avait dit Kirby au moment du départ, après avoir remercié son hôte.

– Ce fut pour nous un grand plaisir de vous recevoir, Kirby, avait répondu le comte. Je regrette seulement que votre séjour ait été aussi court.

– J'aurais aimé rester mais je vais demain à Windsor et j'embarque pour Singapour après-demain.

– Je suis certain que vous retrouverez le soleil avec plaisir.

– A dire vrai, le travail m'attend. Je suis venu ici essentiellement pour acheter de nouvelles machines, du matériel neuf et chercher de nouveaux fournisseurs pour réaliser mes projets d'urbanisation. C'est à tout cela que Sa Majesté s'intéresse.

– Vous faites des miracles et je sais que l'on vous appelle le Roi sans couronne de Singapour.

Par modestie, Maximus avait levé les bras.

– Sa Majesté serait horrifiée d'entendre pareille chose! Non, je ne suis qu'un humble serviteur du Royaume et je ne fais que continuer l'œuvre de sir Thomas Raffles. C'est à lui que l'Angleterre doit de posséder Singapour.

– C'était en effet un grand homme, avait approuvé le comte.

– Un très grand homme dans ce coin du monde. J'espère qu'un jour vous viendrez me voir là-bas et que vous pourrez vous rendre compte de tout ce qu'il a créé.

– Je l'espère vivement, mon cher Kirby.

Il y avait eu quelques instants de silence, puis Kirby avait parlé plus bas :

– Je vous écrirai pour le mariage. Je voudrais auparavant achever la maison que je suis en train de construire. Je suis certain qu'elle plaira à lady Lettice.

– J'en suis sûr, s'était empressé de répondre le comte.

– Eh bien, au revoir et encore merci, avait dit Kirby en lui serrant la main et en se dirigeant vers le phaéton qui l'attendait.

Dorinda l'avait regardé sortir, s'était précipitée au dernier étage et avait guetté de la fenêtre.

Kirby était déjà installé sur le siège de sa voiture et avait sans doute l'intention de conduire lui-même, car il tenait les rênes d'une main et le fouet de l'autre. Il faisait froid. Il portait un épais manteau de voyage et un chapeau élégamment incliné sur le côté droit. Il avait l'air majestueux d'un homme fort et plein d'autorité qui faisait, à n'en pas douter, l'admiration de tous ceux qui l'approchaient.

Mais il y a autre chose en lui, s'était dit Dorinda. Un pouvoir étrange, une nature exceptionnelle, quelque chose d'irrésistible...

Hélas, il s'était éloigné et elle avait été certaine de ne pas le revoir. Mais elle ne l'oublierait jamais.

C'était un peu comme si un habitant d'une autre planète était venu leur rendre visite. Rien en lui n'évoquait la vieille Angleterre. Il venait d'un autre continent où tout était différent.

Le comte avait fait un signe d'adieu à Maximus Kirby qui avait répondu en soulevant son chapeau. Il avait souri, probablement parce qu'il était satisfait d'avoir obtenu ce qu'il désirait!

Je sais ce qui lui procure un tel plaisir, avait-elle pensé. Il est venu chercher une épouse et il l'a trouvée!

2

Dorinda achevait de défaire ses bagages dans la cabine qu'elle occupait à bord de l'*Osaka,* un bateau de la Compagnie Orientale de Navigation qui desservait l'Extrême-Orient. Elle fut agréablement surprise de constater que la cabine de première classe qu'elle occupait avec Letty était très confortable.

Une chambre pourvue de deux couchettes et une pièce de réception dans laquelle on avait disposé, à la demande de M. Kirby, d'immenses corbeilles de fleurs rares, tel allait être le cadre de leur voyage.

Elles avaient été accueillies à bord avec un cérémonial semblable à celui que l'on réserve aux membres de la famille royale!

La femme de chambre se présenta à elles et s'inclina plusieurs fois très bas.

Letty venait de vivre des semaines difficiles. Elle avait été d'humeur maussade et n'avait cessé de se plaindre, répétant qu'elle ne partirait pas pour Singapour, qu'elle ne voulait pas se marier, et ne désirait que rester auprès de ses parents.

Son père, las de l'entendre se plaindre, s'était souvent absenté des journées entières. La comtesse, elle, s'était enfermée dans son petit salon, déclarant que tout cela lui donnait la migraine.

Comme d'habitude, Dorinda avait tout pris en charge. Elle avait essayé les robes qui venaient de chez le couturier, car sa sœur n'en voulait rien faire. Elle y avait passé des heures, alors que tant d'autres choses importantes réclamaient son attention.

Un jour, le comte et la comtesse avaient emmené

leurs filles à Londres pour y acheter quelques toilettes à la mode pour Letty, qui s'était alors montrée encore plus difficile. Dès que son père parlait de son prochain mariage, elle fondait en larmes et ne répondait pas aux vœux de bonheur que lui adressaient les amis de la famille.

– Si Kirby la voyait dans cet état, avait dit le comte à Dorinda, je crois qu'il reprendrait sa parole. Espérons qu'il sera assez captivé par la beauté de sa jeune épouse et ne s'entretiendra pas avec elle avant de lui passer l'anneau au doigt!

Dorinda avait songé avec mélancolie qu'on était en train de berner le Roi sans couronne de Singapour, mais qu'après tout il était victime de sa propre imprudence. Il avait sans doute une raison impérieuse pour être si pressé de prendre femme. Elle se promettait de la découvrir plus tard. Il était si séduisant et si riche qu'il devait exister dans le monde des milliers de femmes qui n'auraient pas laissé passer une chance de l'épouser.

Pourquoi alors était-il venu en Angleterre choisir Letty, qu'il ne connaissait presque pas? Sans doute, le rang de son père n'était-il pas étranger à ce choix...

Bien sûr la fortune des Alderburne était peu de chose comparée à celle de Kirby, mais le nom était l'un des plus prestigieux du Royaume, et cela seul comptait!

Le comte avait eu des ancêtres à la cour d'Elizabeth Ire, qui étaient devenus des hommes d'Etat influents. D'autres Alderburne avaient soutenu la restauration de la monarchie sous Charles II, d'autres enfin avaient occupé d'importantes fonctions sous le règne de la reine Anne.

Ils étaient tous d'une parfaite honnêteté et avaient fait preuve d'un souci constant de servir le pays plus qu'eux-mêmes. Voilà peut-être ce qui expliquait que le comte avait pu trouver aujourd'hui un gendre fort riche.

Arrivée à Londres, Dorinda s'était mise en devoir d'en savoir plus sur Maximus Kirby.

Il ne lui avait pas été difficile d'inciter son père à se renseigner auprès du secrétariat aux Colonies, et même auprès du cabinet du Premier ministre, sur l'avenir politique et le développement de Singapour.

– Je dois tout savoir pour essayer d'intéresser Letty aux affaires de son futur époux, avait-elle dit.

Ainsi, le comte avait obtenu tous les renseignements qu'elle désirait. Elle avait appris, entre autres choses, que c'était à Kirby que l'on devait l'essor du port de Singapour, essor qui avait été amorcé au début du siècle par un jeune Anglais du nom de sir Thomas Stamford Raffles.

Sir Thomas était né sur un cargo dont le père était capitaine et, dès l'âge de quatorze ans, il était entré comme employé dans les bureaux de la Compagnie des Indes Orientales.

A vingt et un ans, il avait été envoyé à Penang où il s'était fait très vite remarquer, et quand les Anglais avaient occupé Java, il avait pris le titre de lieutenant gouverneur. A son départ, il avait été regretté comme un ami.

En 1818 il avait conçu l'idée de briser l'établissement du monopole hollandais en faisant de Singapour un grand port libre. En dépit d'une opposition farouche et d'immenses difficultés, il avait accompli sa mission six ans plus tard.

– Je crois savoir que Kirby a pratiquement exterminé tous les pirates, avait dit le comte. Ils commettaient tant de méfaits dans la péninsule de Malaisie que tout commerce y avait presque cessé, même après que le gouverneur eut envoyé sur place des bateaux de guerre pour les menacer.

– Des bateaux de guerre, papa? avait demandé Dorinda étonnée.

– Oui, plusieurs croiseurs s'y trouvaient dans les

années 1830, et pendant vingt ans on y a maintenu une flottille spéciale qui luttait contre la piraterie. En 1837 on y envoya même un paquebot, le *Diana*. C'était la première fois qu'on engageait un paquebot colonial contre les pirates.

– Racontez, papa, demanda Dorinda.

– Le premier lord de l'Amirauté en parlait très volontiers. C'est de lui que je le tiens.

– Alors, qu'est-il arrivé au *Diana*? insista Dorinda, impatiente.

– C'était le premier paquebot construit en Inde. Il jaugeait cent soixante tonneaux et filait cinq nœuds. Son équipage était composé de trois Européens et de trente Malais.

– Continuez, papa.

– Il partit pour sa première expédition avec le *Wolf*, un navire à voiles. Ils rencontrèrent six grands *prahus* – les bateaux pirates chinois – qui attaquaient une jonque.

Dorinda écoutait attentivement. Le comte reprit au bout de quelques instants :

– Les pirates en apercevant la fumée du paquebot crurent qu'il y avait le feu à bord; espérant une proie facile, ils abandonnèrent la jonque et attaquèrent.

Le comte se mit à rire.

– A leur grande stupeur, le bateau vint droit sur eux et leur tira dessus.

– Après cela, il ne devait pas rester beaucoup de survivants remarqua Dorinda.

– Il n'y en avait plus un seul!

– Et cette opération a suffi à éliminer les pirates?

– Non, pas vraiment, mais elle prouva aux autorités qu'il était possible de faire quelque chose pour lutter contre cet intolérable fléau. Plusieurs grandes sociétés menaçaient de quitter Singapour.

– Mais cela se passait bien des années avant que

M. Kirby devienne quelqu'un d'influent à Singapour, dit-elle.

– Il avait certainement entendu raconter cette histoire cent fois quand il était enfant. Et quand il parvint à asseoir son autorité il mit ses propres plans à exécution.

– Quels plans?

– Kirby découvrit que si les pirates avaient cessé d'attaquer les bateaux en haute mer par crainte des représailles ils continuaient à piller ceux qui étaient à l'ancrage dans les petits ports, ou qui naviguaient non loin des côtes peu fréquentées.

Le comte s'interrompit un instant pour se rappeler dans les moindres détails ces événements.

– Les pirates avaient l'habitude de grimper en silence, à bord des navires, le plus souvent la nuit, et de tuer l'équipage et les passagers, avant que quiconque ait eu le temps d'appeler à l'aide.

– Mais qu'y pouvait M. Kirby?

– Il dota sa propre flotte de petits patrouilleurs rapides, tous bien armés, mais bien plus faciles à manœuvrer que les bateaux de guerre. Le premier lord de l'Amirauté put dès alors annoncer que la piraterie avait cessé dans le détroit de Malaisie.

Dorinda nota tous les détails du récit de son père et essaya d'y intéresser Letty. En vain. Il lui suffisait de prononcer le nom de Kirby pour que sa sœur se mette à pleurer et à dire qu'elle ne voulait pas entendre parler de mariage. Elle s'affola au point que Dorinda dit à son père :

– Que dois-je faire, papa, si à notre arrivée à Singapour Letty refuse de se marier?

– Il faut qu'elle épouse Kirby! gronda le comte en frappant du poing sur son bureau. Enfin, Dorinda, tu dois pouvoir convaincre une jeune fille de cet âge des avantages qu'elle a à épouser un homme comme Kirby!

Dorinda regarda longuement son père. Celui-ci continua plus calmement :

– Je sais que c'est difficile. Peut-être t'ai-je confié là une tâche impossible. Si jamais elle refuse, nous connaîtrons de graves problèmes, cela ne fait aucun doute! Non seulement il me faudra trouver les dix mille livres que Kirby m'a avancées, mais si je veux sauver mon honneur, je devrai aussi lui rembourser le montant de son dernier chèque.

– Avez-vous tout dépensé, papa?

– Jusqu'au dernier sou!

Quand elle apprit qu'il y avait trois nouveaux chevaux à l'écurie, elle comprit pourquoi il ne restait rien. Cependant, le comte s'était montré généreux pour le trousseau de Letty. Quand les robes furent livrées, tout le monde les admira longuement... à l'exception de la future épouse.

– Comme tu vas être belle, dit Dorinda à sa sœur.

– Je veux être belle pour papa, répondit-elle.

– Si tu aimes papa, tu dois faire ce qu'il attend de toi!

C'était un argument qui pouvait décider Letty à s'embarquer pour Singapour, car elle adorait son père.

La veille du départ, elle eut une véritable crise de nerfs et tenta de s'enfermer dans sa chambre. Mais Dorinda s'interposa et parvint à l'en empêcher. Elle lui décrivit la ruine qui ne manquerait pas de survenir si elle persistait dans son refus. Elle lui brossa un tableau très sombre du désespoir de son père, vivant chichement après avoir vendu tous ses biens. Enfin, elle parvint à la décider à partir le lendemain matin.

– Voyons, Letty, tu ne peux pas être aussi cruelle envers papa que tu prétends aimer!

– Oui, j'aime papa... Je l'aime, répétait Letty d'un air absent!

– Alors donne-lui la preuve de ton affection en l'aidant. Si tu ne lui obéis pas maintenant, Letty, il ne voudra peut-être jamais te revoir. Il ne pourra jamais supporter que sa propre fille se conduise ainsi.

Comme Letty semblait disposée à écouter ce discours, sa sœur continua :

– Rompre tes fiançailles, maintenant, ferait non seulement son désespoir, mais laisserait supposer qu'il est malhonnête.

Après des adieux déchirants, Letty consentit à monter à bord de l'*Osaka;* ses parents dissimulaient mal leur angoisse.

– Il vaudrait mieux que vous repartiez avant que le bateau ne lève l'ancre, dit Dorinda à son père. Disons-nous au revoir et rentrez à Alderburne Park avant que Letty ne change d'avis.

Quand Letty entendit le dernier appel invitant tous ceux qui ne partaient pas à descendre à terre, elle comprit que le moment du départ était venu et se mit fort en colère.

– Je ne partirai pas... Je ne veux pas! Je veux rentrer à la maison! Je veux rester avec papa, cria-t-elle.

– C'est trop tard maintenant, lui dit sa sœur. Papa est sur le chemin du retour; il est tellement heureux que tu aies accepté de t'en aller!

Dorinda la prit dans ses bras et parvint à l'apaiser. Epuisée par tant d'émotions, Letty s'endormit avant que le bateau n'ait atteint la haute mer.

Dorinda ferma les rideaux des hublots et alla dans sa cabine. La femme de chambre chinoise avait défait les bagages de Letty dès leur arrivée à bord, mais Dorinda avait préféré s'occuper elle-même des siens.

Ses nouvelles robes grises avec col et manchettes blancs semblaient convenir tout à fait au rôle de dame de compagnie qu'elle allait tenir auprès de sa sœur. Mais dans ses malles, il y avait surtout des livres, achetés à Londres ou découverts dans la bibliothèque d'Alderburne Park.

Depuis son plus jeune âge, elle avait le goût de

l'étude. Le jour de ses douze ans, sa gouvernante avait dit à son père :

– Monseigneur, je n'ai plus rien à apprendre à lady Dorinda. Son intelligence est si vive qu'elle comprend les choses avant même que j'aie le temps de les lui expliquer.

– Je suppose, mademoiselle Greenway que vous me suggérez de prendre un nouveau précepteur?

– Je regretterai beaucoup Alderburne Park, monseigneur, mais ce serait manquer à mon devoir que de vous cacher la vérité : Dorinda a besoin d'un enseignement bien supérieur à celui que je suis capable de lui donner.

– Je ne connais pas d'homme qui souhaite s'encombrer d'une épouse intelligente, avait grommelé le comte. Je suis très satisfait de l'enseignement que vous donnez à mes filles, mademoiselle Greenway. Je n'ai pas l'intention de leur faire perdre du temps ni de dépenser plus d'argent!

Il s'était interrompu et avait dit sur un ton sentencieux :

– Tout ce qu'une femme doit apprendre, c'est à devenir une bonne épouse et une parfaite mère de famille. Le reste, son mari peut le lui enseigner.

Le comte avait quitté la salle d'étude quand Dorinda était entrée.

Elle avait regardé Mlle Greenway et avait cru discerner des larmes dans ses yeux.

– J'ai fait tout ce que j'ai pu pour vous, Dorinda, avait-elle dit, et je n'ai pas réussi. Maintenant, il vous faudra étudier seule.

C'était Mlle Greenway qui avait appris à Dorinda que non seulement les livres ouvraient l'esprit, mais pouvaient aussi être une consolation. Quand elle avait appris qu'il n'y avait aucun remède à sa maladie de peau, elle avait ainsi trouvé le moyen de s'évader. Le monde dont parlaient les livres ignorait la peine et la souffrance.

L'un des spécialistes de Harley Street chez lequel

la comtesse l'avait conduite avait dit après l'avoir examinée :

– J'ai souvent remarqué que les gens atteints d'eczéma sont extrêmement intelligents! Je crois que Jules César en a souffert toute sa vie...

– Jules César était un homme, lui avait fait remarquer Dorinda.

Le docteur n'avait fait aucun commentaire, mais elle s'était souvenue de ses paroles et y avait puisé un peu de réconfort.

Dès ce jour, elle n'avait plus quitté ses livres; elle s'était essentiellement consacrée aux sujets où elle pensait avoir des lacunes.

Tout d'abord, parce que cela plaisait à son père, elle avait voulu tout savoir sur l'élevage des chevaux, l'entraînement, les courses et les grandes races. Elle était la seule personne de la maison à qui le comte confiait ses espoirs la veille d'une course, et auprès de qui il venait se faire consoler quand ses chevaux avaient perdu.

La loge des troubadours était pour Dorinda un refuge idéal. C'est là qu'elle avait appris au gré des conversations, bien des choses.

D'habitude, au cours du dîner, on parlait de sport. Mais un soir, le comte avait reçu à sa table un sénateur américain qui avait donné envie à Dorinda de lire l'histoire des Etats-Unis.

A plusieurs reprises des diplomates européens étaient venus à Alderburne Park et Dorinda était devenue une véritable encyclopédie vivante. Tout l'intéressait. Elle avait appris à connaître les mœurs des oiseaux et détestait les chasseurs qui les massacraient.

Elle se tenait au courant de la situation politique. Elle était la seule personne de la maison à lire le *Times* d'un bout à l'autre. Elle trouvait quelquefois des articles intéressants dans les magazines que son père achetait pour les comptes rendus des courses de chevaux.

Pour l'heure, elle sortait de ses malles tous les ouvrages emportés pour le voyage. Ils traitaient à peu près tous de la civilisation et de la culture chinoises.

Elle en avait trouvé un sur les jades, un autre sur la poterie chinoise, et un troisième sur la peinture. Leur prix était élevé, mais elle n'avait pas hésité à les acheter, préférant se vêtir à moindres frais.

A Alderburne Park, dans la bibliothèque, elle avait eu la chance d'en découvrir deux autres sur l'histoire de la Malaisie.

Elle avait visité les salles chinoises du British Museum, examiné longuement les peintures et avait éprouvé l'étrange certitude qu'elles renfermaient un message. Ces peintures essayaient de lui transmettre un secret qu'elle seule était capable de comprendre.

Après avoir rangé un peu sa cabine, Dorinda mit sa cape de voyage et sortit sur le pont. Le bateau était presque en haute mer, mais on apercevait toujours la côte.

C'était une journée grise et froide. Il menaçait de pleuvoir ou de neiger. Elle regarda les vagues se briser sur l'étrave et aspira une grande bouffée d'air frais.

La grande aventure commençait. Elle partait pour un pays lointain. Elle allait découvrir Singapour. Qui allait-elle y rencontrer?

Elle ne pouvait s'empêcher d'y penser. Cette question l'obsédait, mais elle craignait d'y répondre. Pourtant, il fallait oser s'avouer la vérité : elle voulait revoir Maximus Kirby. Elle le voulait plus que tout!

La mer devint très houleuse quand ils atteignirent la Manche. Le temps était de plus en plus mauvais au fur et à mesure qu'ils approchaient des côtes françaises. Letty eut très vite le mal de mer. Elle fut prise de panique et ne voulut pas rester seule dans sa cabine.

– Je suis sûre que ce bateau... va... couler... que nous serons tous noyés, criait-elle.

Dorinda passa trois jours et trois nuits à son chevet, puis se décida à faire venir le docteur.

– Vous ne pouvez pas continuer ainsi, mademoiselle Hyde, lui dit-il. Il faut quelqu'un pour vous aider auprès de lady Lettice, sinon je risque d'avoir deux malades au lieu d'une.

– Je vous assure que je ne suis pas fatiguée, docteur Johnson, protesta Dorinda.

– Avez-vous beaucoup dormi la nuit dernière?

Comme elle ne répondait pas, il lui dit :

– Je n'ai pas l'intention de vous laisser seule, Mlle Hyde. J'en ai parlé à sœur Teresa et elle est d'accord pour vous apporter son aide. Nous la connaissons bien sur la ligne. C'est une femme merveilleuse, très respectée dans le pays où nous allons.

– Est-ce une infirmière?

– Une missionnaire. Je ne sais pas si elle obtient de bons résultats dans sa mission apostolique, mais elle fait beaucoup pour la santé de ses protégés. En ce qui concerne les soins, elle est exceptionnelle, quelquefois meilleure qu'un médecin ne saurait l'être.

La première rencontre avec sœur Teresa confirma ce qu'il avait dit. C'était une femme d'environ quarante ans qui paraissait calme, sûre d'elle, et semblait mériter toute confiance.

– Le docteur m'a raconté que vous avez connu des moments difficiles avec lady Lettice, dit-elle à Dorinda. Je vais vous remplacer un peu auprès d'elle. Je suis habituée à cette tâche.

– C'est fort aimable, répondit Dorinda. Mais ma malade est quelquefois très hostile aux nouveaux visages.

– Elle s'habituera à moi, répondit sœur Teresa d'un air tranquille.

A sa grande surprise, Dorinda ne tarda pas à constater qu'elle avait raison!

Letty parut lui faire confiance immédiatement et Dorinda éprouva un grand soulagement à voir sa sœur se soumettre sans la moindre protestation à ses soins.

Ce fut une joie pour elle de pouvoir enfin se reposer et d'avoir un peu de temps pour lire. Bien qu'elle se forçât à faire une promenade sur le pont au moins deux fois par jour, elle était ravie de pouvoir s'installer au creux d'un canapé et d'être tout à sa lecture. Pendant ce temps, ils avaient traversé le golfe de Gascogne et abordaient des eaux plus calmes. Letty semblait apprécier plus que jamais la compagnie de sœur Teresa. Elle aimait que celle-ci lui lise des récits, ce à quoi Dorinda n'était jamais parvenue.

– Je dois vous remercier, dit Dorinda au Dr Johnson.

C'était un homme jovial, toujours d'humeur égale, qui était très connu sur la ligne.

– Je n'ai jamais entendu dire que sœur Teresa ait échoué une seule fois dans sa mission. A propos, mademoiselle Hyde, vous n'avez plus aucune raison de ne pas descendre à la salle à manger pour les repas.

Dorinda rougit.

– Je préfère les prendre seule, dit-elle, non sans se demander comment il avait pu manquer de tact au point de ne pas remarquer pour quelle raison elle tenait à se cacher!

– Bien! c'est probablement parce que vous avez une cabine confortable! conclut-il.

Ce soir-là sœur Teresa demanda à Dorinda d'aller chercher chez le médecin un médicament qu'il avait préparé pour Letty.

Elle descendit dans la pièce où le docteur recevait ses patients, mais il n'y avait personne. Il devait sans doute se trouver chez le commissaire de bord.

Elle remonta sur le pont supérieur et frappa à la porte; on lui ouvrit, et elle exposa l'objet de sa visite. Le Dr Johnson était assis dans un fauteuil, un verre à la main.

– Entrez, mademoiselle Hyde, lui dit-il en se levant. Vous ne connaissez pas encore notre commissaire, entrez, il est impatient de vous voir.

Dorinda regarda le commissaire un peu surprise. C'était un homme d'environ cinquante ans, le visage buriné comme peut l'être celui d'un marin.

– Il s'intéresse beaucoup à la jeune personne dont vous avez la garde, dit le docteur. Comme vous pouvez le penser, tous les passagers parlent d'elle.

– De lady Lettice?

– Qui d'autre pourrait les intéresser, si ce n'est la future épouse de Maximus Kirby? C'est une personnalité de Singapour, comme vous devez le savoir.

– Je crois que... je dois retourner dans ma cabine, dit-elle avec embarras. Voudriez-vous auparavant me remettre la potion que vous avez préparée à la demande de sœur Teresa?

– Allons, mademoiselle Hyde, vous n'allez pas vous enfuir ainsi! Je vais vous faire une ordonnance. Ce qu'il vous faut, c'est un bon verre de Madère et un entretien confidentiel. Vous me semblez bien sauvage!

Dorinda eut envie de protester, mais elle ne pouvait se dérober à un accueil aussi chaleureux ou refuser le verre de Madère que déjà le commissaire lui tendait. De plus, ces deux hommes semblaient bien informés sur Kirby et paraissaient prêts à se confier.

– Avez-vous déjà rencontré Max le Tout-Puissant? lui demanda le docteur.

– Non, jamais. Mais pourquoi l'appelez-vous ainsi?

– Tout le monde à Singapour l'appelle le Tout-

Puissant, dit le commissaire en riant, et c'est un qualificatif qui lui sied. Il mène les affaires avec une main de fer dans un gant de velours, et je ne connais pas un Chinois qui refuserait de lui baiser les pieds s'il l'exigeait.

– Pourquoi l'admire-t-on ainsi?

Les deux hommes se regardèrent et rirent.

– Eh bien, continuez! dit le docteur en poussant son ami du coude.

– Je ne sais pas, dit-il. Il me semble que fantastique serait le mot qui conviendrait.

– Essayez donc fabuleux, superbe, dominateur, autocrate, n'importe, dit le docteur en riant toujours.

– Je me demande, reprit le commissaire, si lady Lettice se rend compte à quoi elle s'engage. Bien des femmes lui crèveraient les yeux pour avoir osé leur ravir le beau Max!

Dorinda regarda les deux hommes sans comprendre. Etait-ce parce qu'ils avaient devant eux la dame de compagnie de lady Lettice qu'ils se laissaient aller à une telle franchise?

– Comment est la mariée? demanda le commissaire.

– Ravissante! répondit le docteur. Je n'ai jamais vu une aussi jolie fille. Elle n'a aucune raison de redouter les dames de Singapour. Elle n'en fera qu'une bouchée!

Dorinda sourit et leur dit :

– Je suis heureuse de vous l'entendre dire, docteur.

– Elle aura besoin de toute sa beauté pour retenir Max, fit remarquer le commissaire.

– Que voulez-vous dire?

– Eh bien... le Dr Johnson et moi-même avons connu ces dernières années un grand nombre d'amies de Max.

– C'est exact, dit le docteur. Vous souvenez-vous de Perle? Combien Max a-t-il dépensé pour elle?

– Elle en valait la peine! Quelle magnifique créature!

– Qui était-elle? demanda Dorinda d'une voix qu'elle s'efforça de rendre naturelle.

– C'était une Chinoise, expliqua le docteur. Max l'avait découverte à Hong Kong. Je n'avais jamais vu femme aussi exquise.

– Max avait sans doute remarqué, continua le commissaire, qu'elle méritait son surnom. Il la couvrit de perles – des perles de la taille d'œufs de pigeon! –, de colliers, de bracelets... Je me suis souvent demandé comment elle s'arrangeait pour les porter sur son cou si frêle.

– Pour Goldie, ce furent des diamants, dit le docteur.

– Ah! Goldie! s'exclama le commissaire. Jamais nous ne pourrons oublier ses réceptions. Dieu! Comme on s'amusait! Vous souvenez-vous de celle qui a duré trois jours? Quand je me suis retrouvé sur le bateau qui me ramenait, j'ai cru que ma tête allait éclater!

– Qui était Goldie?

– Une Australienne, répondit le docteur. Une jolie fille aux cheveux d'or. Une peau à peine touchée par le soleil, et un rire qui sonnait comme un carillon!

– Que sont devenues Perle et Goldie?

– Max s'en est lassé. Il se lasse vite. Il a une âme d'aventurier, toujours à la recherche de choses nouvelles, toujours prêt à conquérir de nouveaux continents!

– Il faut dire qu'il ne rencontre guère de résistance! ajouta le docteur.

Le commissaire regarda Dorinda et demanda :

– Ce que nous essayons de savoir, mademoiselle Hyde, c'est si votre jeune maîtresse fera une bonne épouse pour Max, si elle saura le persuader de devenir sage.

– Je crois que c'est dans ses intentions, dit le docteur.

– Comment? Max devenir sage? Je ne le croirai que si j'en suis témoin!

– On dirait qu'il essaie de ressembler à son héros, sir Thomas Raffles. Souvenez-vous, sir Thomas avait une épouse remarquable qui l'aidait, l'encourageait et inspirait ses grandes entreprises!

– Vous avez peut-être raison. Cela lui ressemblerait assez de croire soudain aux vertus du mariage et d'accueillir chez lui une épouse qui éloigne définitivement les autres femmes.

– Lady Lettice a sans doute assez d'éclat pour être la plus belle qu'on ait jamais vue à Singapour, dit le médecin.

Il ne sait pas que Letty n'est encore qu'une enfant, songeait Dorinda qui eut d'après ses propos suivants l'impression qu'il s'était déjà fait une opinion.

– Une épouse idéale peut faire beaucoup pour Max, mais il faudra qu'elle corresponde très exactement à ce qu'il souhaite.

– Assurément, c'est celle que nous avons à bord! dit le commissaire avec enthousiasme. Venez, mademoiselle Hyde, nous allons boire pour fêter cela. Laissez-moi remplir votre verre.

– Non, non, je ne veux plus rien. Je vous remercie, docteur. Veuillez m'excuser, je dois regagner ma cabine.

Il se leva.

– Je déposerai les médicaments chez vous, mademoiselle Hyde.

– Merci, docteur.

Elle se tourna vers le commissaire et ajouta :

– Merci, monsieur, de votre accueil.

– Revenez me voir quand vous voudrez, dit-il, nous organiserons une petite soirée dès que la mer sera plus calme.

– C'est très gentil, dit-elle, mais je n'accepte jamais d'invitations.

Le commissaire n'insista pas, et elle se rendit compte qu'il comprenait pour quelles raisons elle avait décliné son offre.

Quand elle fut de retour dans sa cabine, elle songea à tout ce qu'elle venait d'entendre. Maintenant, elle se rendait parfaitement compte que le mariage de sa sœur ne pouvait manquer d'être un désastre et que son père – selon l'expression qu'il aurait lui-même employée – était en train de rouler Max.

Kirby, assurément, n'avait pas la moindre idée du manque de maturité de Letty. Il ne l'avait vue à Alderburne qu'en présence de ses parents, et avait cru sans doute que son silence était dû à sa timidité. Dorinda savait que son père avait tout fait pour montrer Letty sous son meilleur jour. Elle avait paru enchantée de recevoir en cadeau le couple de perroquets, ce qui avait probablement donné à Kirby l'impression qu'elle était douce, qualité essentielle chez une épouse, selon lui. « Quelle sera sa réaction, pensa Dorinda, quand il découvrira le caractère de Letty, sa stupidité, son incapacité de discuter des sujets les plus courants? Sa beauté sera-t-elle suffisante pour lui permettre d'assurer sa charge de maîtresse de maison et recevoir les personnalités de Singapour? Il faut absolument que je lui fasse comprendre ce qu'elle doit faire et quelle doit être son attitude. »

Elle entra dans la cabine de Letty et trouva sœur Teresa à son chevet, qui lui faisait la lecture. Elle s'interrompit et demanda à Dorinda :

– Avez-vous les médicaments, mademoiselle Hyde?

– Le docteur va les apporter lui-même dans quelques instants.

– Vous nous dérangez, Dorinda, protesta Letty.

Continuez, sœur Teresa, je veux connaître la fin de cette histoire.

Letty paraissait d'humeur maussade et Dorinda savait qu'elle finirait par pleurer si elle n'obtenait pas ce qu'elle voulait.

Elle sourit et s'excusa.

– Je vous en prie, continuez la lecture, dit-elle à sœur Teresa. J'attendrai dans le vestibule.

Quelques instants plus tard, on frappa à la porte. C'était le docteur.

– Comment va notre malade?

– Absorbée dans la lecture que lui fait sœur Teresa! Si vous n'avez rien d'important à lui dire, il vaudrait mieux que vous ne la dérangiez pas. Je n'ai jamais vu lady Lettice se lier aussi facilement d'amitié avec quelqu'un qu'avec sœur Teresa.

– Je vous avais bien dit que sœur Teresa faisait des miracles. Bientôt, lady Lettice sera rétablie.

– Je vous en suis très reconnaissante.

– Vous vous êtes conduite en mère poule avec cette jeune fille. La connaissez-vous depuis longtemps?

– Oh oui! depuis toujours.

– Vous avez d'immenses mérites et elle a de la chance de vous avoir!

– Et moi, beaucoup de chance d'avoir sœur Teresa.

– Cela va sans dire! C'est heureux qu'elle se soit trouvée sur ce bateau. En fait, je peux bien vous le dire maintenant, le capitaine et le commissaire étaient terrorisés. Ils craignaient que lady Lettice ne tombe malade et sentaient déjà la colère du Tout-Puissant Max s'abattre sur eux!

– Est-il aussi redouté que vous le dites?

– Bien plus que vous ne l'imaginez.

Le docteur hésita quelques instants et dit comme pour s'excuser :

– J'espère que vous n'avez pas été bouleversée par ce que nous vous avons dit tout à l'heure. J'ai pensé après votre départ que ce n'était pas une conversation à tenir en présence d'une dame.

– Vous n'avez pas à vous soucier de ce que vous racontez en ma présence!

– Ce que nous avons surtout essayé de vous faire comprendre, c'est que Maximus Kirby est une personne exceptionnelle. De ce fait, tout le monde s'attend à ce que sa future épouse le soit aussi.

– Voulez-vous dire que... d'après ce que vous connaissez de lady Lettice, elle ne correspond pas à l'épouse qu'il espère?

Le médecin hésita longuement puis, pesant ses mots, répondit :

– Je ne porte aucun jugement ni ne fais aucune critique, mademoiselle Hyde. Lady Lettice est l'une des plus belles femmes que j'aie jamais vues, peut-être la plus belle. Mais je ne peux m'empêcher de me demander si, en plus de sa beauté, elle a quelque chose à offrir au Tout-Puissant Max.

3

– Lady Anson présente ses hommages à votre maîtresse, mademoiselle. Elle n'est pas en état de rendre visite à lady Lettice Burne, mais elle serait ravie de l'accueillir dans sa cabine.

Le steward transmit le message d'un trait, comme s'il avait peur d'en omettre un seul mot.

Dorinda referma son livre et lui sourit.

– Remerciez lady Anson de son invitation et dites-lui que malheureusement lady Lettice est elle-même souffrante et ne peut quitter sa cabine, ni recevoir de visiteurs.

– Très bien, mademoiselle.

Le steward sortit, et Dorinda reprit son livre. De tels échanges de messages se faisaient depuis que la mer était redevenue plus calme. Lady Anson faisait l'impossible pour établir des relations mondaines avec les passagers, en dépit de son état de santé qui ne s'était guère amélioré depuis qu'ils avaient quitté l'Angleterre. Mais il n'était pas question que Letty reçût une seule visite pour le moment.

A son malaise constant provoqué par l'état de la mer, s'ajoutait l'angoisse d'avoir quitté la maison familiale contre son gré. Elle était épuisée.

– Laissez-la se reposer, avait dit le Dr Johnson. Elle ira mieux quand nous atteindrons les pays de soleil.

Le docteur parlait du soleil comme d'un remède universel. Cependant, Dorinda doutait que le climat eût une influence notable sur le comportement de Letty.

Sœur Teresa était d'un dévouement exceptionnel pour sa malade. Elle veillait sur elle toute la journée et faisait en sorte que Dorinda ne fût pas réveillée plus de deux fois par nuit.

Dorinda pouvait maintenant se livrer presque constamment à sa passion de la lecture. Elle sortait sur le pont le matin très tôt pour prendre l'air et y rencontrait quelques adeptes de la promenade matinale.

A bord, elle ne parlait à personne. Les préoccupations des autres passagers lui paraissaient bien éloignées des siennes. Il y avait sur ce bateau des planteurs de caoutchouc avec leurs femmes qui se rendaient en Malaisie pour la première fois, des employés d'Etat qui allaient prendre leur poste à la Compagnie des Indes Orientales et un bon nombre d'hommes d'affaires qui passaient la journée au bar. La seule compagnie qu'elle recherchait était celle de sœur Teresa car c'était celle qui semblait le mieux lui convenir. Sœur Teresa, précisément, pénétra dans le vestibule, refermant derrière elle la porte de la cabine de Letty.

– Est-ce qu'elle dort? lui demanda Dorinda.

Sœur Teresa fit oui de la tête.

– Voulez-vous un rafraîchissement?

– Non, je vous remercie. Nous sommes jeudi, c'est pour moi un jour de jeûne.

– Mais, vous ne mangez pas du tout?

– Aussi peu que possible! La richesse et l'abondance de la nourriture sur ce bateau m'empêchent quelquefois d'observer mon régime.

– Parlez-moi un peu de votre travail, lui demanda Dorinda.

– Je travaille en Malaisie depuis douze ans, dit-elle. Auparavant, j'étais en Inde.

– Et vous vous êtes fixée à Singapour?

– Non, j'ai participé à la création des écoles, à celle de la mission catholique de Singapour, mais maintenant, je suis à Sarawak où il y a beaucoup à faire. J'y ai créé une école et entrepris l'installation d'un hôpital qui me semblait indispensable.

– J'ai entendu dire qu'il y a des coupeurs de têtes à Sarawak! Vous n'avez pas peur?

Sœur Teresa se mit à rire.

– Je ne crois pas qu'ils en veuillent à ma tête. D'ailleurs nous avons un rajah blanc – sir Charles Brooke – qui est très bon pour les missionnaires. Nous pouvons toujours compter sur son aide en cas de troubles.

– Je regrette que vous ne soyez pas installée à Singapour, dit Dorinda qui savait que sœur Teresa manquerait beaucoup à Letty. Celle-ci aurait été rassurée de penser qu'il se trouvait dans la même ville une personne qu'elle aimait et à laquelle elle faisait confiance.

– Je viendrai à Singapour dans trois semaines, dit-elle, et je vous présenterai alors au père Pierre Pâris qui est notre prêtre catholique. Il est très aimé. (Elle ajouta avec un sourire :) Tout le monde à Singapour connaît sa silhouette : une ombrelle chinoise dans une main et une canne dans l'autre.

Dorinda rit en imaginant ce prêtre en soutane s'abritant sous une ombrelle à fleurs.

– Je présume que vous vous occupez surtout des enfants chinois?

– Il y a environ vingt-huit nationalités différentes à Singapour, mais il est vrai que les quatre-vingt mille Chinois constituent la majorité des habitants.

– Quatre-vingt mille! répéta Dorinda étonnée.

– Singapour abrite une grande communauté qui ne cesse de s'accroître, comme vous le verrez vous-même, dit sœur Teresa.

– Je voulais vous remercier, dit Dorinda, de tout ce que vous avez fait pour lady Lettice.

Elle hésita un long moment puis demanda :

– Accepteriez-vous de m'aider à lui faire comprendre combien il est important qu'elle seconde M. Kirby dans sa tâche et dans tout ce qu'il entreprendra pour la colonie?

– Connaissez-vous M. Kirby?

– Non, mais j'ai beaucoup entendu parler de lui.

– C'est un être différent des autres. C'est un esprit fort, un homme de décision que l'on admire beaucoup à Singapour.

– J'ai entendu dire... commença Dorinda.

Mais sœur Teresa se leva sans ajouter un mot et quitta la cabine. Dorinda regarda la porte se refermer sur elle. Il lui semblait qu'il y avait une intention cachée dans les propos de la religieuse. Qu'avait-elle voulu dire? L'avertir de ce que Kirby attendait de Letty, ou bien lui laisser entendre que Letty n'était pas l'épouse qu'il lui fallait? Que devait-elle faire?

Il semblait tout à coup que le bateau avançait trop vite et qu'elle serait trop tôt confrontée à une situation pour laquelle elle n'était pas prête et n'avait pas de solution.

Elle fit quelques pas et ouvrit tout doucement la

porte de la cabine de Letty. Elle dormait. Dorinda s'approcha de sa sœur et la regarda longuement : aucun être au monde ne pouvait être plus exquis!

Elle ressemblait à une princesse de conte de fées avec ses cheveux blonds étalés sur ses épaules, ses cils très noirs sur sa peau délicate, sa bouche légèrement entrouverte qui donnait à son visage un air langoureux.

Alors Dorinda songea à Maximus Kirby. Elle revoyait son visage. C'était celui d'un homme d'action, un homme de caractère, une forte personnalité, selon sœur Teresa, un homme qui demandait beaucoup à la vie et faisait tout pour l'obtenir!

Letty saurait-elle lui apporter le bonheur?

Dorinda retourna dans sa cabine, reprit son livre, mais ne parvint pas à achever sa page. Elle ouvrit un hublot et regarda au-dehors. Le soleil brillait et se reflétait sur la surface de l'eau. La mer était si calme tout à coup que la houle des heures précédentes semblait oubliée. Les voiles étaient immobiles, pour avancer, on avait eu recours aux moteurs!

Ce soir-là, comme sœur Teresa veillait sur Letty, Dorinda sortit sur le pont.

Au-dehors, régnait cette chaleur moite dont Letty se plaignait depuis plusieurs jours.

– On suffoque sur la mer Rouge, avait dit sœur Teresa. Cela ira mieux quand nous arriverons dans l'océan Indien.

– Je m'adapte tout à fait bien à ce climat, lui avait dit Dorinda.

Elle se rendait compte que l'air chaud avait fait disparaître, comme par enchantement, la bronchite dont elle souffrait toujours en hiver. Son mal de tête se dissipait, elle respirait mieux.

– Tout le monde a de la bronchite en hiver, lui disait souvent sa mère. Ne crois pas, Dorinda, que ton cas soit exceptionnel.

– Vous avez raison, maman, mais cette toux dont

je n'arrive pas à me débarrasser m'est désagréable.

– Je ne peux pas supporter les indispositions mineures! avait répondu sèchement la comtesse.

Dorinda avait été blessée par cette remarque, mais d'une certaine façon, elle avait compris. Letty se plaignait au moindre bobo, et pour la comtesse qui souffrait de rhumatismes tout au long de l'hiver ces petits ennuis semblaient dérisoires. Le comte s'était montré plus compréhensif envers elle.

– Prends une prise de mon tabac, Dorinda. Cela me fait beaucoup de bien quand je suis enrhumé.

Dorinda avait essayé ce remède qui, hélas, avait aggravé le mal! Elle pensait qu'il y avait un lien entre sa toux et l'eczéma qui recouvrait son visage et que tout espoir de guérison était à peu près perdu. Elle avait essayé quantité de traitements qui étaient restés sans résultat.

Maintenant, elle regardait la mer et respirait à pleins poumons. Elle marcha un long moment sur le pont et rencontra d'autres passagers. Des éclats de rire venaient du fumoir où l'on semblait beaucoup s'amuser. Elle pensa à sœur Teresa qui consacrait sa vie à aider les autres. Sa foi lui permettait de trouver une solution à chaque problème. Elle priait beaucoup et quand elle ne faisait pas la lecture à Letty, on la voyait égrener son chapelet.

« Je suis certaine que ses prières aideront Letty, se répétait Dorinda. Elles accompliront peut-être un miracle en faisant d'elle un être normal, se comportant comme ses semblables. Peut-être que le mariage suffira à la transformer. »

Elle essayait d'imaginer Letty en épouse et en mère de famille, mais elle n'y parvenait pas. « Mais je suis certaine que tout ira bien », conclut-elle pour se rassurer.

Le bonheur de Maximus Kirby la préoccupait autant que celui de sa sœur.

Elle voulait qu'il soit heureux, sans trop savoir

pourquoi. C'était un homme qui le méritait; il assumait de lourdes responsabilités et dans sa vie privée, il avait besoin de paix et de détente.

Dorinda leva les yeux vers les étoiles; elle essayait d'imaginer ce que serait son bonheur si elle était comme Letty sur le point d'épouser l'homme le plus séduisant qu'elle ait jamais vu. En ce moment même, elle lui adressait ses plus douces pensées, qui traversaient les océans et devaient lui parvenir. A son arrivée, ils seraient ainsi proches l'un de l'autre par la pensée, même si leurs corps restaient éloignés. Comme son imagination faisait son chemin, elle se surprit à songer qu'il la prenait dans ses bras! « Comment ai-je pu croire une chose semblable? » Puis, souriant tristement, elle se dit que les rêves ne faisaient de mal à personne.

Après tout, elle ne trahissait pas Letty quand elle pensait à Maximus Kirby. Lui-même n'en saurait rien et à son retour en Angleterre, elle n'aurait que cela pour nourrir ses rêves jusqu'à la fin de sa vie. « J'ai de la chance! beaucoup de chance! » se dit-elle. Et sans qu'elle y pût rien changer, son cœur battait plus fort à l'idée qu'elle le verrait bientôt.

Le lendemain matin, elle se leva tôt pour faire sa promenade habituelle sur le pont. Elle s'habilla avec entrain. Elle se sentait particulièrement alerte et heureuse. Elle mit sa robe la plus légère à col et poignets blancs.

Il faisait déjà chaud malgré l'heure matinale, ce qui ne manquerait pas d'indisposer Letty. Elle s'assit quelques instants à sa coiffeuse et se brossa les cheveux. Elle se fit une coiffure sobre et un peu sévère; il était inutile de chercher à ressembler à Letty. Que de recettes n'avait-on essayées pour que ses cheveux retrouvent leurs ondulations!

Elle les tira en arrière et se fit un chignon sur la nuque. Ensuite, elle se regarda dans la glace. Elle ne comprit pas! Elle ferma les yeux, les rouvrit pour chasser ce qu'elle prenait pour un mirage. L'image que la glace lui renvoyait n'était pas la sienne!

Elle prit un mouchoir sur la coiffeuse et frotta la glace énergiquement. L'image demeurait la même.

Rêvait-elle ou avait-elle perdu la tête? Elle voyait un autre visage! Qui était cette jeune fille aux yeux vifs, à la peau lisse et nette?

Son front avait des lignes douces sans une seule cicatrice. Un petit nez droit entre deux yeux verts qui semblaient bien trop grands, tellement ils étaient étonnés! Sa bouche était bien dessinée, et ses lèvres tremblaient légèrement. Surprise, elle releva les manches de sa robe et examina ses bras. La peau était blanche et douce. Les taches rouges avaient disparu!

Elle releva sa jupe et retira ses bas. Ses jambes étaient tout aussi nettes que ses bras. On n'apercevait plus que de légères traces là où elle s'était grattée.

« Ce n'est pas possible! » murmura-t-elle.

Elle remonta ses bas et sortit précipitamment. Elle courut le long du couloir qui conduisait au cabinet du docteur. Elle frappa à la porte. Personne ne répondit; elle frappa de nouveau. Enfin, elle entendit des pas et le docteur ouvrit. Il était en chemise et, à en juger par le savon qui recouvrait son visage, avait été interrompu pendant qu'il se rasait.

– Qu'y a-t-il, mademoiselle Hyde? Lady Lettice est-elle...?

– Il fallait que je vous voie, docteur. Regardez-moi! Regardez mon visage! Que s'est-il passé? Je ne comprends pas!

Il la regarda dans les yeux et lui sourit.

– Vous avez eu le meilleur traitement contre l'eczéma, mademoiselle Hyde. Un traitement qu'aucun docteur n'aurait pu vous recommander.

– Je... Je ne comprends toujours pas.

– C'est l'air, ma chère, tout simplement. L'air

chaud et humide fait des miracles dans ce domaine, comme vous venez de le constater.

– Je ne peux pas... le croire! dit-elle, les larmes aux yeux. C'est vrai? Vraiment vrai? Mon eczéma est parti?

– Regardez vous-même, répondit le Dr Johnson. J'ai déjà vu un cas de guérison semblable au vôtre, mais pas dans un délai aussi court, je dois le dire.

– C'est vraiment fini! s'exclama Dorinda.

Elle s'avança vers une petite glace accrochée à la cloison de la cabine.

– C'est vrai! Pas la moindre trace sur mon visage, et mes bras...

Sa voix se brisa et elle éclata en sanglots.

– Je pense que ce sont des larmes de joie! dit le docteur. Je n'ai pas osé vous le demander jusqu'à présent, mais depuis quand aviez-vous de l'eczéma?

– J'en ai toujours eu.

– Bien. C'est donc une nouvelle vie qui commence pour vous. Asseyez-vous, mademoiselle Hyde. Le steward vient juste de m'apporter mon café; je vais vous en servir une tasse. Je comprends qu'un tel événement vous bouleverse.

– Mais je me sens... très bien, dit-elle.

En vérité, elle se sentait un peu faible et accepta de s'asseoir. Le docteur apporta le café et deux tasses.

Comme Dorinda buvait lentement, il examina attentivement son visage.

– C'est l'un des cas les plus étonnants qu'il m'ait été donné de voir, dit-il. D'habitude, il faut au moins deux ou trois jours de séjour dans ce climat pour que les traces disparaissent.

– Je suis restée sur le pont un long moment, hier soir.

– C'est sans doute pour cela. Mademoiselle Hyde, vous êtes maintenant, j'ose le dire, une séduisante jeune fille. Cela suppose beaucoup de changements dans votre existence!

Dorinda le regarda sans paraître comprendre.

– Vous n'avez plus aucune raison maintenant de dîner seule dans votre cabine. Bien des gens vont vous admirer.

– Je ne parviens pas à le croire! dit-elle en regardant ses poignets. Suis-je définitivement guérie?

Elle parut soudain en douter.

– Cela dépend, dit le Dr Johnson. Quelquefois, cela revient avec un climat froid et sec, mais jamais avec la même intensité. D'autres fois, c'est une guérison complète.

– Supposons que... cela revienne? dit-elle.

Le docteur sourit.

– Alors, vous devrez passer votre vie dans cette partie du monde. Je ne serais pas étonné que vous trouviez un homme prêt à vous y inviter!

Dorinda posa sa tasse.

– Merci d'avoir été aussi gentil et aussi... compréhensif.

– Je me demandais depuis votre arrivée si cette guérison pouvait se produire, dit-il, mais je ne voulais pas vous en parler parce que la réaction est différente selon les êtres. L'eczéma fait partie de ces affections étranges auxquelles la médecine ne peut apporter de solution toute faite.

– Et moi j'ai trouvé la mienne! s'exclama Dorinda.

– Je peux vous donner un autre conseil, qui concerne plutôt vos cheveux. Frictionnez votre cuir chevelu avec un peu d'huile d'olive avant de les laver. J'ai constaté bien des améliorations grâce à ce traitement.

– Merci, dit-elle en souriant, merci pour tout ce que vous m'avez dit. Je suis si heureuse! Je n'arrive pas à croire que ce soit vrai! J'ai peur de me regarder de nouveau dans la glace!

– Mais c'est précisément ce que je vous conseille! Faites connaissance avec la nouvelle Mlle Hyde. Elle vous étonnera!

Dorinda le remercia à nouveau et regagna sa cabine.

Une fois entrée, elle referma la porte et s'assit à sa table de toilette. C'était donc vrai!

La jeune fille qu'elle avait devant elle avait la peau nette. Elle examina ses paupières, son menton... rien, pas la moindre trace! Elle sentit une larme couler le long de sa joue et murmura :

– Merci, mon Dieu... Merci!

Letty et sœur Teresa prenaient leur petit déjeuner quand Dorinda entra dans la cabine.

– Oh Dorinda! comme tu es jolie! s'exclama Letty.

– Dieu vous a bénie, ma petite, et cela me fait plaisir, ajouta sœur Teresa.

Ce matin-là, Dorinda ne cessa de se regarder dans le miroir afin de voir si le mal ne revenait pas. Elle se trouvait chaque fois plus jolie. Elle suivit la recette du docteur pour ses cheveux et ne tarda pas à s'apercevoir qu'ils devenaient plus épais et plus souples. Elle était trop timide pour suivre l'avis du docteur qui lui conseillait de prendre ses repas dans la salle à manger, cependant, elle ne chercha plus à éviter les passagers qui la saluaient sur le pont. Maintenant, les gens s'arrêtaient pour lui parler.

D'abord, elle crut que c'était par curiosité, pour savoir comment allait Letty, mais bientôt elle s'aperçut qu'ils s'attardaient et lui parlaient d'autre chose.

Plusieurs dames l'invitèrent à prendre le thé et elle accepta leurs invitations. Malgré tout, elle se sentait un peu coupable de ne pas associer Letty à ces réunions!

– Lève-toi, Letty, et viens sur le pont, lui disait-elle, la promenade est agréable, et tu verras sauter les marsouins.

– Il fait trop chaud! gémit Letty.

Enfin, elle parvint, avec l'aide de sœur Teresa, à la persuader de sortir pour s'étendre sur une chaise longue garnie de coussins à l'ombre d'une marquise. Son apparition fit naître une grande curiosité chez les passagers. Ils passaient et repassaient devant elle. Certains, plus audacieux, s'arrêtaient pour bavarder un peu.

Comme ils étaient âgés, pour la plupart, Letty se montrait charmante!

– On dit que votre maîtresse a conquis tous les passagers, dit le docteur à Dorinda dans la soirée.

– Lady Lettice va beaucoup mieux. Il faut qu'elle soit rétablie avant notre arrivée à Malacca.

– Le commissaire vous a-t-il prévenue que M. Kirby vous y attendait?

– Je sais que nous débarquons à Malacca pour monter à bord du yacht de M. Kirby et qu'il nous conduira à Singapour.

– Vous serez fêtées tout au long du voyage! Et je suppose qu'à l'arrivée, la réception sera semblable à celle que l'on réserve aux personnalités!

– Oh non! s'exclama Dorinda.

– Mais oui! Tout ce que touche Kirby est grandiose. Il aime paraître et je suis prêt à parier que son mariage sera un véritable couronnement!

– Comment pouvez-vous affirmer cela?

– Je le connais. Il ne peut jamais faire les choses simplement. Retenez bien ce que je vous dis, ce sera le plus beau spectacle jamais donné à Singapour. Je regrette seulement de ne pouvoir y assister!

Dorinda sentit son cœur chavirer. Si tel était le projet de Kirby, qu'en penserait Letty?

Pour calmer un peu son anxiété, elle décida de se confier à sœur Teresa.

– Le docteur m'a dit que M. Kirby organisera de grandes fêtes pour son mariage, lui dit-elle.

– Je serais étonnée s'il n'en était pas ainsi, répondit sœur Teresa, d'un air tranquille. C'est ce que toute la colonie attend!

– Mais Letty... commença Dorinda qui s'aperçut bientôt qu'il était inutile d'en dire plus!

Le sourire disparut des lèvres de sœur Teresa.

– Je sais, dit-elle, mais je crois que ça pourrait lui plaire, si on lui explique auparavant ce qui l'attend. Ce qu'elle ne peut pas supporter, mademoiselle Hyde, ce sont les chocs, quels qu'ils soient.

– Vous avez raison, admit Dorinda.

Elle se souvint alors de celui que Letty avait éprouvé le jour où ce garçon l'avait embrassée par surprise, ou lorsque son père lui avait annoncé brusquement qu'elle devait partir pour Singapour.

– Aidez-moi, sœur Teresa, supplia Dorinda. Accepteriez-vous de rester auprès de Letty jusqu'à son mariage? Je pourrais ensuite rentrer à Londres et elle se débrouillerait seule. Mais jusque-là, je vous en supplie, restez avec nous! Je suis certaine que M. Kirby ne s'y opposera pas!

– M. Kirby et moi sommes de vieux amis, dit sœur Teresa. Il m'a aidée plus d'une fois. Il m'a soutenue quand j'ai créé l'école pour les jeunes filles chinoises, alors que personne n'y croyait.

– Alors je vous en supplie, restez... pour lui... et pour lady Lettice.

Sœur Teresa sourit avec bonté.

– Je pressens que vous allez me dire que c'est mon devoir!

– Je le crois, dit Dorinda. J'en suis même certaine!

Chaque jour, Dorinda s'efforçait d'expliquer à Letty qu'elle devrait aider son époux dans ses projets, afin que Singapour devienne un grand port.

– C'est d'une importance capitale, Letty, lui disait-elle. Songe comme il sera intéressant d'assister à son développement. Peut-être qu'un jour on élèvera une statue à ta mémoire, comme on l'a fait, je crois, pour sir Thomas Raffles.

– Une statue de moi? demanda Letty soudain intéressée.

– Oui, une grande statue, toute blanche. On te représentera peut-être avec un de ces oiseaux magnifiques que l'on trouve à Singapour.

– Parle-moi de ces oiseaux, demanda Letty en battant des mains.

Comme elle semblait intéressée, Dorinda alla chercher son livre sur les oiseaux, s'assit auprès d'elle et commença à lui décrire les espèces que l'on trouvait en Malaisie.

– Je suis certaine que tout ira bien, dit-elle à sœur Teresa, quand le bateau fut à une journée de Malacca.

– Je prie pour lady Lettice. C'est la plus jolie fille que j'aie jamais vue.

Le bateau fit une halte à Penang où elles firent leurs adieux à lady Anson. Elle était attendue par son mari, le général de brigade sir Archibald Anson, un ancien combattant de Crimée, qui était un gouverneur très aimé.

Un peu plus tard, ils longèrent la côte, et Dorinda aperçut pour la première fois la Malaisie.

C'était une région de hautes montagnes volcaniques couvertes d'une végétation abondante qui descendait jusqu'à la mer. Comme le bateau se rapprochait de la côte, elle put apercevoir ces maisons étranges que les Malais construisent dans les arbres.

– C'est pour se protéger de la chaleur, lui dit le Dr Johnson. Ils s'installent de préférence sur des arbres fruitiers, ainsi ils trouvent en même temps l'ombre et la nourriture.

Dorinda poussa une exclamation de joie en voyant les femmes coiffées de chapeaux à larges bords. Elle fut aussi frappée de voir un nombre aussi important d'enfants dans une région qui n'était guère peuplée.

De jeunes Malais se baignaient, d'autres étaient perchés sur des buffles. Certains travaillaient, avec leurs parents, de petites parcelles de terre.

– Pour les couples malais, quelle que soit leur origine, c'est un désastre de ne pas avoir d'enfants. Ici, les enfants constituent un pourcentage élevé de la population (quarante-cinq pour cent environ), continua le docteur.

– Comme ils ont l'air heureux de vivre, remarqua Dorinda.

– Je ne connais pas d'enfants plus adorables que les petits Chinois, dit le docteur. Demandez à sœur Teresa de vous montrer l'école qu'elle a ouverte pour eux, vous serez enchantée.

– Elle m'en a parlé.

– Cette femme est une sainte, j'en suis certain. Elle lutte comme un tigre pour les enfants et vit dans des conditions précaires.

– Je vous suis reconnaissante de nous l'avoir présentée. Nous n'oublierons jamais ce qu'elle a fait pour lady Lettice.

– Nous verrons demain si son aide a été efficace, dit-il.

Dorinda revint à la réalité. Demain, ils débarqueraient à Malacca.

Maximus Kirby les attendrait et pour la première fois il lui semblait qu'elle ne redoutait pas de le voir. Elle n'avait plus aucune raison de se cacher, de l'épier dissimulée derrière un rideau.

Elle était maintenant une jeune fille normale; elle allait pouvoir lui parler sans crainte, d'égale à égal. « Pourtant, se demanda-t-elle, peut-on parler d'égalité entre nous? C'est un homme et je suis une femme qui brûle d'impatience de le revoir! »

4

– Regarde, Letty, regarde ces jolis oiseaux, s'exclama Dorinda.

Letty poussa un cri de joie. Tout leur donnait une nouvelle raison de s'émerveiller, de rêver. Pourtant, le bateau qui précédait le leur n'était pas sorti d'un rêve. Dorinda avait cru, comme le capitaine, que Maximus Kirby les attendrait sur le quai à Malacca, mais alors que le port était en vue, un yacht aux voiles roses vint au-devant d'eux.

– C'est le *Dragon des Mers*, dit le docteur. Il est à Maximus Kirby.

Il était difficile d'imaginer que ce qu'ils voyaient, et qui paraissait si luxueux, était un bateau. Des fanions flottaient le long des mâts, et les voiles d'un rose soutenu étaient décorées d'un cœur et de deux cupidons. La cheminée était surmontée d'une sorte de campanile couvert des plus belles fleurs de Malaisie. Il y avait tant de lianes et de guirlandes fleuries qu'on aurait cru voir un véritable jardin flottant avec, à l'avant et à l'arrière, deux immenses cages pleines de centaines d'oiseaux multicolores.

Le *Dragon des Mers* les précédait vers le port de Malacca. L'entrée du port était étroite, et on y avait construit une très longue jetée qui avançait dans la mer. Avant que le yacht ne se dirige vers le sud de la jetée, et l'*Osaka* vers le nord, ils se rapprochèrent l'un de l'autre, afin que les passagers puissent admirer le décor de fleurs et les oiseaux.

– Je vous avais bien dit que Maximus était un original! dit le Dr Johnson à l'oreille de Dorinda.

– Je dois avouer que je ne m'attendais pas à cet accueil.

– Kirby est un homme de goût.

Avoir choisi Letty pour épouse le prouvait déjà amplement.

Letty était extraordinairement belle, debout sur le pont de l'*Osaka.* Son état de santé s'était tellement amélioré au cours de cette dernière semaine que Dorinda commençait à croire à l'efficacité des prières de sœur Teresa.

Elle avait conquis les passagers qui estimaient maintenant qu'elle était pour Kirby une promise de rêve. Elle portait une robe de crêpe rose pâle, presque moulante jusqu'aux genoux, comme le voulait la mode, et qui s'évasait ensuite en petits plis et se terminait par une courte traîne. Elle avait à la main une ombrelle de dentelles et de rubans turquoise.

Dorinda vit Maximus Kirby apparaître sur le pont du *Dragon des Mers.* Il était vêtu de blanc. Son costume bien coupé accentuait légèrement la largeur de ses épaules, la minceur de sa taille et de ses hanches. Son visage cuivré attirait le regard et ses yeux paraissaient d'un bleu plus profond que celui dont elle avait gardé le souvenir.

Quelle femme aurait pu rester insensible à l'énergie qui se dégageait de son visage, à ce sourire de pirate qui vient de s'emparer d'une précieuse cargaison ?

La foule massée sur le quai accueillait l'*Osaka* avec des cris et de grands gestes. Le bateau jeta l'ancre.

Comme on installait la passerelle de débarquement, Dorinda aperçut sur le quai une étrange garde d'honneur d'enfants malais et chinois, en costume national : une tunique richement brodée et des pantalons noirs pour les Chinois et pour les Malais une grande chemise de coton rouge sur un simple pagne, costume introduit en Malaisie par les Portugais au XVIe siècle. Chaque enfant portait une cage d'osier contenant un perroquet !

Quand tout fut en place, Maximus Kirby fit son apparition. Il fendit la foule bruyante et s'engagea sur la passerelle de l'*Osaka,* suivi par deux enfants, un Malais et un Chinois.

Dorinda le trouva plus impressionnant et plus séduisant que jamais. Il s'avança sans hésiter vers Letty, prit sa main gantée et la baisa.

– Le temps m'a paru si long depuis ma dernière visite à Londres, dit-il d'une belle voix grave.

Letty lui sourit et Dorinda vit avec satisfaction que, pour le moment au moins, elle ne semblait pas redouter son futur époux.

Kirby se tourna alors vers Dorinda.

– Je suppose que vous êtes Mlle Hyde? Le comte m'a dit dans sa lettre que vous aviez consenti à accompagner lady Lettice.

Dorinda s'inclina.

Elle eut beaucoup de peine à soutenir son regard et dut baisser les yeux. Kirby se tourna alors vers sœur Teresa, lui prit les mains et les tint un long moment serrées dans les siennes.

– Ma missionnaire favorite! Etes-vous encore occupée à sauver les âmes des chasseurs de têtes au lieu de vous intéresser à la mienne?

– Il y a bien longtemps que j'ai abandonné tout espoir de vous sauver! répondit Teresa en riant.

– Je ne saurais vous dire combien sœur Teresa a été gentille pour nous, intervint Dorinda. Elle s'est occupée de lady Lettice pendant tout le voyage et j'aimerais – si vous y consentez – qu'elle nous accompagne jusqu'à Singapour.

– Accepteriez-vous de faire le voyage avec nous sur le *Dragon des Mers*? lui demanda Kirby. J'en serais tellement heureux!

– Merci, répondit sœur Teresa.

– Ne me remerciez pas. Tout ce que je possède est à votre disposition!

C'était la manière orientale d'accueillir un invité, mais sœur Teresa lui dit malicieusement :

– Prenez garde, je pourrais prendre cela au pied de la lettre!

– Je sais que je n'ai rien à craindre de vous!

Il tendit ensuite la main au Dr Johnson, qui lui dit :

– Je n'ajouterai rien à ce qu'a dit Mlle Hyde. Nous devons beaucoup à sœur Teresa. Elle a été admirable surtout dans la terrible traversée du golfe de Gascogne.

– Cela signifie, dit Maximus Kirby en se moquant, que je dois m'occuper personnellement des chasseurs de têtes afin que sœur Teresa puisse rester avec nous!

Il y eut un éclat de rire général. Dorinda remarqua que Maximus Kirby était très entouré et que Letty se tenait un peu à l'écart et parlait aux enfants qui lui avaient apporté les oiseaux. Dorinda comprenait que les oiseaux l'amusent, mais elle aurait souhaité qu'elle fît un peu plus attention à son futur époux.

C'est alors que Maximus Kirby remarqua qu'elle s'était éloignée. Il s'approcha d'elle et lui dit :

– Si vous êtes prête, nous pouvons monter à bord de mon yacht. Des centaines d'oiseaux vous y attendent!

– J'aime tant les oiseaux! Puis-je garder ceux que les enfants m'ont apportés?

– Ceux qui sont sur le *Dragon des Mers* devraient suffire... et le jardin de notre nouvelle maison en est rempli, répondit-il.

Il lui offrit son bras. Letty, les yeux fixés sur les cages, le prit sans regarder. Pendant ce temps, Dorinda et sœur Teresa firent leurs adieux au capitaine et au docteur.

– Ne vous inquiétez pas, dit le docteur en prenant la main de Dorinda. Je suis certain que tout ira bien. Rassurez-la et souvenez-vous... pas de chocs!

– Je ne sais comment vous remercier, dit-elle.

– Et pensez à vous amuser un peu! lui lança-t-il. Si vous suivez mon conseil et restez ici, je promets de vous rendre visite très souvent.

Dorinda lui sourit et il remarqua une fossette au coin de ses lèvres.

Craignant que Letty n'ait besoin d'elle, elle descendit la passerelle en courant et la rejoignit au moment où Maximus Kirby l'aidait à monter à bord. Ils allèrent tout de suite voir les oiseaux dans les grandes cages dorées.

Jamais encore Dorinda n'avait vu une telle diversité d'espèces et un si bel éventail de couleurs. Un petit orchestre jouait de la musique européenne sur des instruments locaux!

Dorinda s'en étonna.

– Ce sont les Portugais qui leur ont appris le violon, dit sœur Teresa. Ils l'associent à leurs cris et à leurs tam-tams. Ils ont aussi un instrument qui a un peu la sonorité de la cornemuse. C'est celui qu'ils préfèrent!

Maximus Kirby avait demandé que l'on joue essentiellement des valses et des airs d'opéras célèbres, en vogue à Londres.

Mais Letty, enchantée par les oiseaux, ne semblait pas entendre la musique. Maximus se tenait tout près d'elle. Quel charmant couple! Impossible de rêver mieux!

Le *Dragon des Mers* quitta le port et les passagers de l'*Osaka* firent d'interminables signes d'adieu.

Dorinda et sœur Teresa leur répondirent, mais Letty et Maximus Kirby étaient trop occupés à regarder les oiseaux pour les saluer. Il était très tôt dans la matinée, et comme le soleil était encore supportable, ils marchèrent un peu sur le pont.

Ensuite, ils descendirent au centre du bateau, dans un immense salon très confortable.

Là, on leur servit un petit déjeuner composé de jus de fruits de toutes sortes, de miel et de noix. Maximus Kirby voulait qu'elles lui racontent leur voyage.

Tandis que sœur Teresa disait que la mer avait

été mauvaise dès leur départ de Tilbury, Dorinda observait Letty avec un peu d'appréhension. Elle était maintenant loin des oiseaux et se montrait beaucoup moins animée. Dorinda s'approcha d'elle et lui demanda :

– N'avez-vous pas trouvé les enfants adorables?

– Sœur Teresa m'a parlé des petits enfants chinois, répondit-elle. Nous allons en voir dès notre arrivée à Singapour. Il paraît qu'ils ressemblent à des poupées!

– C'est vrai, de véritables poupées, dit Dorinda.

Elle était heureuse que Letty ait trouvé là une nouvelle source d'intérêt.

Après cette collation, elle proposa d'aller sur le pont; ils allaient longer la côte et apercevoir des enfants jouer sur le rivage. On pourrait aussi mieux admirer la forêt qui descendait jusqu'à la mer.

Il y avait des manguiers, des bambous et des palmiers de toutes sortes.

– Je ne savais pas que les palmiers pouvaient être aussi énormes, dit Dorinda à sœur Teresa, sans se rendre compte que Maximus Kirby les écoutait.

– Il y a plus de cinquante espèces différentes de palmiers, expliqua-t-il. Ici, vous n'en voyez que quelques-unes.

– Pour moi, ils sont tous pareils, dit-elle.

– Vous apprendrez vite à les distinguer les uns des autres. La Malaisie est l'endroit du monde où leur diversité est la plus grande.

– Il y a aussi une grande variété de fleurs, à en juger par la décoration de votre bateau.

– Surtout des orchidées, dit-il. Il y en a d'innombrables, toutes plus belles les unes que les autres.

– Lady Lettice aime les oiseaux, remarqua sœur Teresa, et j'avoue avoir moi-même un grand attachement pour les animaux.

– Sauf les tigres, j'espère, s'exclama Maximus Kirby. Mais peut-être eux-mêmes arrivent-ils à trouver une place dans votre cœur généreux!

– Pas les tigres mangeurs d'hommes, cependant, dit-elle. Et vous savez qu'il y en a beaucoup!

– J'ai fait de mon mieux pour en diminuer le nombre.

– Vous les tuez? demanda Dorinda.

Sœur Teresa se mit à rire.

– Savez-vous que vous parlez au meilleur fusil de Malaisie? S'il le voulait, il pourrait recouvrir les parquets de sa maison avec les peaux de ses victimes!

– Quand je suis arrivé ici, ils représentaient un très grand danger, dit Kirby. Nous apprenions tous les jours la mort d'un homme ou la disparition d'un enfant.

– Quelle horreur! s'exclama Dorinda. Cependant, il est dommage que les tigres disparaissent, car ils sont magnifiques.

– Il n'y a rien à craindre pour le moment, répondit-il. Il arrive que certains planteurs ne trouvent pas de main-d'œuvre parce que les tigres aiment trop les indigènes!

– C'est vrai, dit sœur Teresa. C'est pourquoi le gouvernement accorde une récompense de cent cinquante dollars à qui ramène un tigre mort au poste de police.

– Votre pays me semble un endroit bien dangereux! s'exclama Dorinda.

– Vous n'aurez rien à craindre avec moi, dit Maximus Kirby avec fierté.

Il semblait, en effet, qu'elle avait de bonnes raisons de lui faire confiance.

Le bateau longeait toujours la côte. On racontait à Dorinda des histoires de léopards, de tapirs, de civettes qui se cachaient dans la jungle.

Pendant ce temps, Letty, après avoir longuement regardé la côte, s'éloigna et retourna auprès des oiseaux.

Dorinda espéra que Maximus Kirby ne s'était pas

encore rendu compte que Letty était incapable de prendre part à une conversation.

Comme si elle comprenait que Dorinda était inquiète, sœur Teresa proposa à Letty de faire un brin de toilette avant le déjeuner qui serait servi à midi.

Dorinda et Maximus s'attardèrent un peu sur le pont.

– C'est très gentil d'avoir accepté d'accompagner lady Lettice dans ce voyage.

– C'est l'événement le plus heureux de ma vie.

– Vous n'aviez jamais voyagé?

– Non, jamais.

– Et qu'avez-vous éprouvé?

– Je suis dévorée de curiosité. C'est si différent de lire des livres sur un pays et de le visiter.

– Vous avez lu des livres sur la Malaisie?

– Tout ce que j'ai pu trouver. Hélas, cette partie du monde ne semble pas avoir inspiré de nombreux écrivains.

– C'est vrai. Mais peut-être écrirez-vous vous-même un livre sur Singapour à votre retour en Angleterre?

– Après un si court séjour? Vous rendez-vous compte avec quel mépris mon travail serait accueilli? Vous seul, monsieur Kirby, êtes capable d'écrire ce livre.

– J'avoue y avoir pensé, mais je n'en ai jamais trouvé le temps.

– Je comprends cela, dit Dorinda. Vous l'écrirez quand vous serez vieux! J'ai entendu dire que c'était un excellent passe-temps!

– Vous voulez déjà me tuer?

– Certes, non! Je pense que vous avez ici une mission trop importante pour mourir jeune!

– Autrement dit, vous croyez qu'un être ne peut pas quitter ce monde tant qu'il n'a pas accompli la mission pour laquelle il est né?

– Vous avez parfaitement exprimé ma pensée.

Elle aimait échanger des idées avec lui. Bien sûr, elle n'osait pas le regarder droit dans les yeux, mais, malgré cela, elle n'éprouvait ni timidité ni gêne!

Au cours du séjour de Kirby à Alderburne Park, elle l'avait écouté parler, dissimulée dans la loge des musiciens, et elle avait été éblouie par l'aisance et l'intérêt de sa conversation. Mais ce fut lorsque le déjeuner les réunit tous autour de la table qu'elle eut l'occasion d'apprécier son étonnant sens de l'humour. En effet, pendant tout le repas, il leur parla des Chinois de Singapour, de la suffisance des membres du gouvernement et des méthodes des voleurs chinois, ce qui les fit beaucoup rire.

– Leur dernière trouvaille, dit Maximus Kirby, c'est d'attacher des hameçons à leur natte. Ainsi, quand la victime du vol essaie de les attraper, elle se pique!

Dorinda remarqua qu'une fois de plus Letty ne suivait pas la conversation.

Depuis qu'elle était à bord du yacht, elle semblait absente. Dès la fin du repas, Dorinda proposa que tout le monde aille se reposer un peu. Sœur Teresa conduisit Letty à sa cabine.

– Il y a un endroit abrité sur le pont arrière, dit Maximus à Dorinda. Vous y trouverez un fauteuil confortable et une fraîcheur relative.

Une légère brise soufflait, et l'endroit était bien abrité du soleil. C'était agréable de regarder défiler la côte, la tête calée entre deux gros coussins.

Dorinda était trop excitée pour dormir. Elle était là depuis une demi-heure environ, lorsque Maximus vint la rejoindre et s'assit auprès d'elle.

– Puis-je vous tenir compagnie?

– Bien sûr.

Il s'installa confortablement sur une chaise longue qui semblait aussi moelleuse qu'un lit.

– Je suis certain, mademoiselle Hyde, que vous avez pris toutes les dispositions pour rester à Singapour jusqu'à ce que nous soyons mariés. Je pense que lady Lettice ne vous laisserait pas partir avant ce grand événement.

– J'espérais que vous m'inviteriez à y assister!

– Ce sera une cérémonie qui vous plaira, j'en suis sûr!

– Pouvez-vous me donner quelques détails?

– Lady Lettice sera conduite à la cathédrale Saint-André dans une victoria que j'ai fait faire tout spécialement pour cette occasion, commença-t-il. Tout le long du parcours, la voiture sera couverte. Elle sera tirée par six chevaux blancs harnachés d'or, portant panache. Je crois que ce sera très impressionnant. La messe sera dite bien entendu par l'évêque et nous aurons un chœur de cent personnes. J'espère que l'église pourra contenir tous mes amis.

Il sourit et continua :

– La cathédrale vous plaira, mademoiselle Hyde. Elle a été bâtie par des forçats et c'est un des édifices les plus remarquables de la ville.

– Que se passera-t-il ensuite? demanda Dorinda.

– J'ai imaginé de nombreuses surprises, mais je vais vous dire ce qui plaira le plus à lady Lettice. Après la messe, quand nous apparaîtrons sur le parvis, cinq cents colombes blanches seront lâchées du haut des tours.

– Et vous rentrerez dans la même voiture?

– Oui, mais cette fois, la victoria sera découverte et décorée de lys. Nous traverserons la ville, ainsi tout le monde pourra admirer la beauté de mon épouse. Sur le parcours, des enfants nous jetteront des fleurs; nous en serons certainement couverts quand nous arriverons chez moi!

– Que se passera-t-il alors?

– Il y aura une réception grandiose dans les jardins. Tout le monde dansera et s'amusera au-delà de ce que l'on peut imaginer.

Dorinda se souvint alors de cette réception qui avait duré trois jours et trois nuits dont lui avait parlé le docteur! Elle frissonna en pensant à l'épreuve qu'une telle fête représenterait pour Letty.

– Je n'ai pas encore mis au point tous les détails, continua M. Kirby, mais je pense que nous pourrons avoir une fontaine de champagne et une autre qui déversera de l'eau parfumée aux extraits de fleurs. Un de mes amis survolera les jardins en ballon, et lancera des cadeaux pour tous les invités.

Mais que ferait Letty au milieu de tout cela?

– Lorsque vous verrez mon jardin, vous admettrez que c'est l'endroit rêvé pour une telle réception, continua-t-il. Dès la tombée de la nuit, les massifs de fleurs et les arbustes seront éclairés. Il y aura des lanternes sur la piste de danse et le long des sentiers pour permettre aux invités d'aller s'asseoir sous les tonnelles... (Il se mit à rire.) ... et peut-être y échanger des serments!

– Tout cela... semble...

Mais Dorinda s'interrompit. Elle paraissait chercher le mot qui pourrait le mieux traduire sa pensée.

– Magnifique! s'exclama M. Kirby pour compléter sa phrase. Je veux que mon mariage soit magnifique, et qu'il demeure pour tous un merveilleux souvenir.

Mais alors que Dorinda cherchait toujours ses mots pour qualifier les projets de M. Kirby, celui-ci se leva brusquement.

– J'allais oublier de vous dire, mademoiselle Hyde, que ce soir même nous avons un dîner. Je vais mettre le yacht à l'ancre dans un petit port de la côte de Johore. J'ai demandé au sultan et à quelques autres dignitaires de la province de se joindre à nous. Ils sont très impatients de connaître ma future épouse.

– Je vais de ce pas le dire à Letty.

Mais elle trouva cette dernière endormie, aussi

elle se rendit chez sœur Teresa pour lui raconter sa conversation avec M. Kirby.

– Je n'en attendais pas moins de Maximus, dit sœur Teresa. Ne vous inquiétez pas, lady Lettice va beaucoup mieux depuis que je lui ai expliqué qu'elle doit penser au bonheur des autres avant de penser au sien. Je lui ai aussi appris des prières.

– Je suis certaine qu'elles l'aideront.

– Pas des prières conventionnelles, mais des prières qui viennent du cœur.

Les propos de sœur Teresa la rassurèrent, et quand vint l'heure de s'habiller pour le dîner, elle trouva en effet une Letty d'excellente humeur.

Letty avait choisi une robe bleu turquoise qui découvrait largement ses épaules.

– Tu es plus belle que tes petits oiseaux, Letty, lui dit Dorinda.

– Je suis un oiseau bleu, répondit-elle, et sœur Teresa dit que ce sont ceux du bonheur!

– Cela est vrai, et je suis persuadée que tu seras très heureuse.

– Pourquoi ne portes-tu pas une de mes robes maintenant que tu es si jolie?

Dorinda fut très étonnée par cette question. C'était la première fois que Letty avait une pensée pour elle, qu'elle ne faisait pas preuve d'égoïsme.

– Merci, Letty, c'est une pensée délicate, mais je suis déjà habillée, et je tiens à ce que l'on ne remarque que toi ce soir.

Dorinda savait cependant que sa robe de soirée, si grise fût-elle, mettait sa silhouette en valeur et semblait amincir sa taille. En fait, elle n'avait que deux robes de soirée, toutes deux copiées sur des modèles commandés chez un couturier de Bond Street pour Letty.

Mais maintenant, elle était assez sûre d'elle pour ne pas attacher d'importance à la couleur de ses robes. Ses cheveux avaient retrouvé leur brillant et leur souplesse, c'était un atout suffisant.

Elle les coiffait avec une raie au milieu et les réunissait sur la nuque en chignon.

Elles pénétrèrent dans le salon. Le sultan était déjà là, et il y avait aussi plusieurs couples que M. Kirby présenta tout d'abord à Letty, puis à Dorinda.

Sœur Teresa semblait connaître tout le monde. Ils avaient tous beaucoup de choses à se dire, mais autant les femmes que les hommes regardaient Letty avec une admiration non dissimulée.

Pourtant, une femme semblait n'avoir d'yeux que pour M. Kirby. C'était une jeune Anglaise, fort jolie, qui avait un mari bien plus âgé qu'elle. Dorinda apprit qu'elle était à Johore depuis quelques années seulement. C'était une de ces coquettes qui croient que tous les hommes sont faits pour être conquis.

Bien qu'on ne pût la comparer à Letty, elle pouvait passer pour séduisante, dans cette partie du monde où les Européens étaient rares.

Dorinda l'observa pendant tout le dîner, et remarqua qu'elle essayait par tous les moyens d'attirer l'attention de Maximus Kirby.

Comme son mari était une personne de quelque importance, elle était assise à la gauche de l'hôte, tandis que Letty était à sa droite, auprès du sultan de Johore, voisin de Dorinda.

Après le premier plat, Letty avait souri complaisamment à tous les invités, mais avait encore fort peu participé à la conversation.

Le sultan parlait donc avec Dorinda. Elle lui posa des questions sur sa province, et lui demanda pour quelle raison sa famille avait quitté l'Inde pour la Malaisie.

Elle écoutait avec attention le sultan, mais en même temps suivait les efforts de la jeune et jolie Anglaise, Mme Thompson, qui déployait tout son savoir-faire pour séduire Maximus Kirby.

De toute évidence, M. Kirby ne suivait pas ses propos. Il ne lui accordait même pas un regard.

Dorinda essaya d'intéresser Letty à sa conversation avec le sultan. Malgré ses efforts, elle n'eut guère de succès.

A la fin de ce délicieux repas, certains continuèrent à bavarder tandis que d'autres s'installaient pour jouer au tric-trac ou au bridge.

Surprise, Dorinda entendit sœur Teresa accepter de s'asseoir à une table de bridge, mais elle refusa cependant de jouer pour de l'argent!

Tout le monde semblait s'amuser. La gaieté, la vitalité et l'exubérance même dont faisaient preuve les invités n'auraient pas eu cours en Angleterre.

– Vous ne pouvez imaginer ce que représente une telle soirée pour nous, dit une dame à Dorinda. Nous passons des mois sans voir nos amis. Maximus Kirby surgit et tout est transformé! Je n'aurais manqué cette réunion pour rien au monde!

– Si nous allions regarder les étoiles? proposa Maximus Kirby à Letty quand tous furent occupés à jouer ou à bavarder.

– Est-ce que les oiseaux sont toujours là? demanda-t-elle.

– Je pense que les cages sont toujours sur le pont.

– Je voudrais les voir, dit-elle. Venez, Dorinda, je veux que vous veniez avec moi.

Dorinda hésita. Elle savait que Maximus Kirby serait contrarié de ne pouvoir rester seul avec sa future épouse. D'autre part, s'il tentait de l'embrasser, on pouvait craindre la réaction de Letty! Assurément, sœur Teresa ne l'avait pas préparée à cela!

– Venez, Dorinda. Je vous supplie de venir, insista Letty qui semblait ne pas vouloir rester seule avec Kirby.

– Vous ne pouvez pas refuser, dit-il en souriant à Dorinda.

Elle les accompagna sur le pont. Dans le ciel, les étoiles brillaient comme des diamants dans un écrin de velours autour d'un mince croissant de lune, la nuit était si belle que Dorinda retint son souffle pour ne pas troubler cette paix.

Par discrétion pour les futurs époux, elle s'éloigna vers le bastingage mais elle entendit cependant Maximus Kirby dire à Letty :

– Je veux vous donner quelque chose. Je n'avais pas eu l'occasion de le faire plus tôt.

– Qu'est-ce que c'est?

– Une bague de fiançailles. J'espère qu'elle vous plaira.

– Elle est très jolie, mais je voudrais voir les oiseaux!

– Je pensais que vous pourriez d'abord la montrer à Mlle Hyde, suggéra M. Kirby.

– Oh oui, bien sûr! dit-elle en s'avançant vers Dorinda. Regarde, Dorinda, la belle bague que M. Kirby vient de m'offrir.

C'était un superbe saphir entouré d'une couronne de diamants.

– Quand nous serons à Singapour, dit M. Kirby, je vous donnerai le collier et le bracelet assortis.

Dorinda s'aperçut que Letty n'écoutait pas.

– N'est-ce pas magnifique? intervint Dorinda. Je comprends que vous ne trouviez pas les mots pour remercier M. Kirby comme il convient!

Elle étreignit la main de sa sœur qui sembla comprendre qu'elle venait à son secours!

– Merci... merci beaucoup, c'est un cadeau splendide! Maintenant, puis-je voir les oiseaux?

Elle fit quelques pas, suivie de Maximus Kirby.

Dorinda regarda longuement le ciel, le petit port entouré d'arbres, mais elle ne perçut pas leur beauté. Elle se demandait si Maximus Kirby ne commençait pas à s'apercevoir que Letty ne s'intéressait à rien.

Ils ne restèrent pas longtemps sur le pont; sœur Teresa, sachant Letty fatiguée, vint la chercher et la conduisit à sa cabine. Dorinda se sentit gênée que sa sœur quitte une soirée donnée en son honneur. Pour compenser un peu, elle se montra particulièrement aimable avec les invités, dont elle écouta les conversations. Elle rit volontiers à leurs plaisanteries et, essaya de se conduire en hôtesse. N'eût été l'anxiété de voir Letty se comporter comme une enfant, elle se serait beaucoup amusée. Pour la première fois, elle pouvait parler, rire, évoluer librement au milieu des gens, sans se soucier de son apparence. Maintenant que Letty n'était plus là pour attirer les regards, les hommes lui adressaient des compliments, et les femmes qui ne semblaient pas être jalouses se confiaient à elle comme à une amie de toujours.

Il était plus de minuit et le sultan se leva pour prendre congé. Avec regret, les autres invités comprirent qu'ils devaient suivre son exemple.

– Ce fut pour moi un grand plaisir d'accueillir Votre Altesse ce soir, lui dit Maximus Kirby.

– La semaine prochaine, je voudrais organiser une soirée pour vous et votre ravissante fiancée. Quand doit avoir lieu le mariage?

– Dans deux semaines, Votre Altesse, répondit M. Kirby.

Dorinda eut l'impression d'être frappée par la foudre. Deux semaines seulement pour préparer Letty à cet événement, et quatre semaines en tout avant la fin de son séjour dans ce pays enchanteur!

Alors que le sultan et la plupart des invités disaient au revoir au maître de maison, deux messieurs continuaient leur partie de tric-trac.

– Je ne peux pas partir maintenant, Max! s'exclama M. Thompson, le mari de la jolie femme qui s'ennuyait au début de la soirée. Je viens de perdre trente livres et j'ai bien l'intention de les récupérer!

– Mais vous avez tout votre temps, vous le savez

bien, répliqua Kirby. La nuit est à peine commencée et il est trop tôt pour aller dormir!

– C'est vrai! dit un autre. Si vous restez, Thompson, quand la partie sera terminée à notre table, le gagnant jouera avec celui de la vôtre. Qu'en pensez-vous?

– Tout à fait d'accord, répondit M.Thompson.

Après avoir salué le sultan, Dorinda se rendit chez Letty et la trouva endormie. Elle frappa alors à la porte de sœur Teresa; elle était sur le point de se coucher.

– Sont-ils encore là? demanda-t-elle à Dorinda.

– Quelques-uns, oui.

– Alors ne vous occupez pas de nous. Courez les rejoindre, mon enfant. Comme vous sembliez heureuse ce soir!

– Je l'étais, en effet, dit Dorinda.

Et elle retourna au salon. Elle regarda un moment les joueurs, puis pensant qu'elle pouvait les déranger, elle se dirigea vers le pont.

Elle avait envie d'aller dehors pour goûter la beauté de la nuit, contempler la jungle et tenter de percer ses mystères.

Dehors, tout était calme. Elle longeait le bastingage, quand, dans l'ombre, elle vit le reflet d'une étoffe brillante. Elle n'était pas seule.

Deux personnes se tenaient debout sous la plate-forme avant du bateau. Elle hésita. Devait-elle se joindre à eux? Si elle approchait, elle était à peu près sûre que Mme Thompson – car il s'agissait d'elle sans aucun doute – la trouverait indiscrète.

Au même moment, elle vit Mme Thompson enlacer Maximus Kirby et attirer son visage à elle. Ils échangèrent un long baiser. Jamais elle n'avait vu un homme embrasser une femme avec tant de passion. Ces deux corps confondus, la main de Mme Thompson sur l'épaule puissante de cet homme la troublaient infiniment. Pourtant, elle ne pouvait dire exactement ce qu'elle ressentait. C'était une chose d'imaginer deux êtres enlacés, mais c'en était une autre bien différente de les voir, surtout quand l'un d'eux était son futur beau-frère!...

Assurément, Maximus n'embrassait pas comme les autres... Soudain, elle se rendit compte qu'elle les observait et elle en éprouva une grande honte. Mais très vite, ce sentiment fit place à l'indignation. Elle retourna au salon. La partie venait de se terminer. M. Thompson réglait sa dette à son adversaire, tandis que les deux autres joueurs avaient quitté la table pour aller prendre un verre.

– Il est temps de partir, dit M. Thompson. Il se fait tard et nous risquons d'éveiller lady Lettice.

– Je dois me lever tôt, dit l'autre. Je préfère ne veiller que le samedi.

Quelqu'un fit une remarque que Dorinda n'entendit pas, et tous se mirent à rire. A cet instant Mme Thompson, suivie de Maximus Kirby, entra dans le salon. Son visage reflétait le triomphe : ses yeux bleus brillants et ses lèvres humides lui donnaient une expression provocante.

« Elle a eu ce qu'elle voulait! » pensa Dorinda.

Les invités se saluèrent et remercièrent le maître de maison. Ils montèrent ensuite dans une barque pour regagner la rive où leurs cochers devaient les attendre en somnolant.

Dorinda resta un long moment à regarder l'embarcation s'éloigner. Mme Thompson faisait des signes d'amitié, mais sa silhouette disparut bien vite dans la nuit.

On ne voyait que quelques lumières dans les arbres lointains, et la lune qui montait dans le ciel étoilé.

La nuit était délicieuse et magique. Dorinda goûtait cet instant de silence, oubliant qu'elle n'était pas tout à fait seule. Derrière elle, elle entendit la voix de M. Kirby qui disait d'un ton amusé :

– J'attends!

5

– Vous attendez? reprit-elle surprise, mais qu'attendez-vous?

– J'attends que vous me fassiez un sermon!

Comme elle ne répondait pas, il continua, railleur :

– En parfait chaperon que vous êtes, vous allez sans doute me mépriser, ou peut-être allez-vous simplement me dire que vous laissez cela à ma conscience?

– Il ne m'appartient pas de vous mépriser et moins encore de vous juger, monsieur Kirby.

Il y eut un court silence, puis il lui demanda :

– Etes-vous... scandalisée?

Le ton de sa voix avait changé. Elle lui répondit sérieusement :

– Je ne sais pas... Je ne crois pas être scandalisée... je crois que je... comprends...

Elle le vit sourire dans la faible clarté lunaire et trouva que ses lèvres avaient le même pincement cynique qu'au moment où il était rentré au salon en compagnie de Mme Thompson.

Il semblait attendre qu'elle parle et elle, sans trop savoir pourquoi, avait envie de lui dire ce qu'elle pensait de lui.

– Je me souviens, commença-t-elle, que mon père se rendit une fois en compagnie d'un de ses amis, un pair assez canaille, aux courses de Derby. Cet ami gagna ce jour-là une somme très importante et alors que mon père le reconduisait dans son phaéton, il se mit à jeter à la foule toutes les pièces de monnaie qu'il avait dans ses poches. Ce geste provoqua une petite émeute et mon père lui demanda :

– Pourquoi faites-vous cela?

– Ils ont besoin d'argent et il se trouve que j'en ai!

En parlant à Maximus Kirby, Dorinda gardait le regard fixé sur les collines sombres qui se découpaient sur le ciel étoilé.

– Ainsi, vous trouvez que je dispense mes baisers avec trop de générosité? Vous êtes une bien étrange personne, mademoiselle Hyde.

– Je ne vois pas pourquoi!

– J'ai l'impression que vous êtes en réalité bien différente de ce que vous paraissez être. Votre robe grise et votre attitude sévère cachent certainement une autre nature.

Dorinda garda le silence. Il est trop perspicace, songeait-elle, toute surprise qu'il ait fait attention à elle.

– Vous a-t-on déjà embrassée? lui demanda-t-il.

Dorinda rougit brusquement.

– Voilà une question... inattendue, monsieur Kirby.

– Les Anglais seraient-ils vraiment aussi froids qu'on le dit? Ou bien êtes-vous aussi austère que le gris de votre robe?

– Je crois que je vais... rentrer...

– Je suis convaincu, continua-t-il, que sous ces allures puritaines, il y a un cœur chaleureux et peut-être une flamme que personne encore n'a osé ranimer. Je voudrais en savoir la raison.

– Nous étions en train de parler de vous, monsieur Kirby, non de moi!

Il eut un petit rire.

– Je vous ai dit, mademoiselle Hyde, que vous n'étiez pas une nature ordinaire. Je n'avais pas encore rencontré de femme qui sache parler d'autre chose que d'elle-même!

– Cela veut dire... parler de vous!

Maximus Kirby rit de nouveau :

– Vous avez aussi du caractère! Je commence à

me faire une idée de ce que vous êtes, mademoiselle Hyde!

– Je doute que vous me trouviez suffisamment intéressante, dit-elle avec une indifférence toute feinte! D'ailleurs il vous reste peu de temps puisque vous devez vous marier dans deux semaines et qu'ensuite je dois rentrer en Angleterre.

Il ne répondit rien. Bien qu'il n'eût pas bougé, elle avait l'impression qu'il s'était approché d'elle. Son cœur battait à tout rompre et cette discussion lui procurait un vif plaisir.

– Je me suis toujours fié à mon intuition dans tout ce que j'ai accompli, dit-il au bout d'un moment, et en ce moment, elle me dit que je devrais vous empêcher de repartir. Pourquoi? Je l'ignore!

– Cela vous fournira donc un bon sujet de réflexion, mais je doute que vous puissiez y apporter une réponse.

Pendant qu'ils parlaient, la marée montante avait déplacé le yacht qui gagnait la haute mer. C'est alors que Dorinda vit peu à peu s'approcher plusieurs bateaux à voiles carrées. Ils avaient une forme étrange. Elle se souvint que le docteur lui avait dit que ces voiles faites de kajang étaient cousues sur une armature de bambou et hissées sur un mât plus gros, lui-même en bambou.

Elle les regardait sans leur accorder vraiment grande attention, plus occupée à chercher ce qu'elle allait dire à Maximus Kirby!

Elle avait à la fois envie de continuer cette conversation et de regagner sa cabine.

Les bateaux se rapprochaient; ils n'étaient pas seulement poussés par le vent, il y avait des rameurs. Maximus Kirby tourna la tête vers la mer et stupéfait, s'exclama :

– *Prahus!*

– Ce sont des pirates?

Sans répondre, il la prit par le bras; ils gagnèrent l'escalier qui menait aux cabines.

– Descendez, lui cria-t-il.

Dorinda resta sur place quelques instants et le vit disparaître dans l'ombre. Elle regarda les *prahus* qui avançaient toujours vers eux. Elle se souvint de ce qu'on lui avait raconté sur les pirates et leur important armement.

Pourtant, elle n'avait pas peur! L'approche de ces bateaux semblait irréelle : ils ne faisaient aucun bruit. On n'entendait même pas le clapotis des rames dans l'eau. Sur le bateau, l'équipage commençait à s'agiter autour d'elle. Déjà les hommes progressaient en rampant sur le pont dans toutes les directions.

De l'endroit où elle était, elle pouvait voir le socle fleuri sur lequel se trouvait encore peu avant la grande cage des perroquets et des cacatoès. On l'avait rentrée pour que le vent ne la renverse pas pendant la nuit. Des bras s'affairaient à retirer les fleurs : le socle cachait en réalité des canons, montés sur des axes qui permettaient de les faire pivoter et de tirer de tous côtés.

Dorinda se souvint de ce que disait le docteur : les pirates se glissaient la nuit, sans bruit, sur le pont des bateaux et massacraient sauvagement les passagers et l'équipage. Dans le cas présent, ils auraient une surprise, car le pont était couvert d'hommes bien armés, prêts à se défendre. Le premier *prahu* était maintenant tout près du bateau, et Dorinda apercevait sa voile au ras du bastingage. Puis, il en vint deux autres et il lui sembla qu'ils s'étaient répartis également de chaque côté du *Dragon des Mers*. Malgré toutes ces manœuvres, on n'entendait toujours aucun bruit.

C'était la chose la plus étrange qu'elle ait jamais vue : des bateaux chargés d'hommes redoutables approchaient du leur dans un silence qui donnait le frisson!

Dorinda entendit alors un bruit de pas dans l'escalier, juste derrière elle. Elle eut juste le temps de se dissimuler dans un recoin obscur.

C'était Maximus Kirby. Il était en chemise et tenait un pistolet dans une main et une épée dans l'autre. Il apparut sur le pont et cria d'une voix tonitruante :

– Feu!

Ce fut alors l'enfer. Les pirates franchissaient le bastingage et commençaient à envahir le bateau. Dorinda les distinguait parfaitement sous la clarté de la lune. Ils avaient de longs cheveux qu'ils laissaient pendre pendant les assauts pour paraître plus féroces. Ils étaient armés de piques de bambou, d'épées recourbées et s'abritaient derrière des boucliers. Certains portaient des mousquets, mais dans la confusion, ils tiraient un peu au hasard. Ceux qui atteignaient le pont étaient aussitôt repoussés et jetés à l'eau, blessés ou morts. Dorinda avait l'impression qu'au milieu de cette mêlée Maximus Kirby était partout à la fois!

Maintenant qu'il avait épuisé les munitions de son pistolet, il se servait avec une grande habileté de son sabre et transperçait la poitrine de tous les pirates qui s'approchaient de lui. Bientôt, le pont fut jonché de cadavres sanglants. Les survivants regagnaient leurs bateaux comme ils pouvaient et commençaient à ramer avec force, craignant d'être poursuivis. C'est alors qu'on sortit les canons dissimulés dans le socle de la cage, et que l'on fit feu sur les frêles embarcations qui coulèrent une à une.

Cinq *prahus* disparurent ainsi en quelques minutes. De l'endroit où elle se trouvait, Dorinda voyait les rescapés nager vers la côte. Tout avait été si rapide, si irréel, qu'elle n'avait pas éprouvé la moindre frayeur.

Les hommes d'équipage lâchèrent leurs armes et regardèrent les cadavres dont ils étaient entourés. Dorinda sortit de son abri.

– Voilà du beau travail, leur cria Maximus Kirby. Je suis fier de vous.

Ils étaient tous chinois ou malais, à l'exception du capitaine qui était anglais. Ils lui sourirent, fiers d'avoir défendu le bateau.

Maximus se tourna vers Dorinda. Allait-il lui reprocher de ne pas avoir obéi à ses ordres? Soudain, elle vit une grande tache de sang sur son épaule et s'exclama :

– Mais... vous êtes blessé!

Au même moment, elle entendit Letty pousser des cris déchirants.

Il faisait très chaud. Dorinda regardait la côte s'éloigner. Les événements de la nuit semblaient appartenir à un rêve. Quand elle s'était réveillée elle avait constaté que toutes les traces du combat avaient disparu. Le pont était net et propre, et le socle de la cage était de nouveau couvert de fleurs.

Seules preuves de l'attaque des pirates : Maximus Kirby avait le bras en écharpe; sœur Teresa vint demander à Dorinda de l'aider à faire des pansements aux hommes d'équipage.

– Ce n'est pas un travail pour vous, dit Maximus Kirby à Dorinda, qui était en train de désinfecter une blessure.

Elle releva la tête, lui sourit et répondit :

– Préférez-vous que j'aille m'asseoir au bar et que je sonne pour me faire apporter un rafraîchissement?

Il ne répondit pas et se contenta de dire au Chinois qu'elle soignait :

– Tu as été très courageux, mon garçon!

Dorinda devina dans le regard de l'homme une soumission totale à son maître. Le yacht n'avait guère souffert de l'attaque. Les dégâts se limitaient à deux trous au-dessus de la ligne de flottaison, qui seraient colmatés dès l'arrivée.

Les pirates avaient essuyé une cuisante défaite et les survivants savaient maintenant que mieux valait ne pas attaquer les bateaux de Maximus Kirby! Habituellement, ils opéraient sur les côtes de Java. Mais, comme cette région était désormais très surveillée, ils se rapprochaient de Singapour.

On ne comptait pas de blessés graves parmi les membres de l'équipage. Une seule personne avait vraiment souffert de l'attaque : Letty!

La fusillade avait mis ses nerfs à vif et elle n'avait cessé de crier que bien après la fin du combat. Sœur Teresa était parvenue à la calmer avec une tisane de sa fabrication. Dorinda se garda bien de la réveiller. Quand elle pénétra dans sa cabine, elle la trouva hébétée.

– Je veux rentrer... chez nous, Dorinda. Je n'aime pas ce pays!

– Letty, je sais que tu es bouleversée par ce qui est arrivé hier soir, mais personne ne pouvait le prévoir. M. Kirby a fait tout ce qu'il a pu jusqu'à présent pour éloigner les pirates de Singapour.

– J'ai entendu leurs cris de sauvages... Ils voulaient nous tuer tous...

– Ils n'avaient aucune chance de réussir. M. Kirby nous a courageusement défendus, nous pouvons être fiers de lui!

– Je veux rentrer en Angleterre, répéta Letty avec son entêtement habituel.

Dorinda comprit qu'il était inutile de poursuivre et sortit sur le pont, bien décidée à ne rien cacher de son état à Maximus Kirby.

– Je dois vous dire que lady Lettice est bouleversée, lui dit-elle. Elle a certainement eu beaucoup plus peur dans sa cabine que moi qui assistais au combat!

– Pourtant, je vous avais dit de ne pas rester là, dit-il sèchement. Quand je donne un ordre, j'aime que l'on m'obéisse.

– Vous voilà bien sévère, monsieur Kirby. Nous

sommes tous en vie parce que nous nous trouvions sur le pont au moment de l'attaque!

– De toute façon, il y avait les hommes de garde, puisqu'ils prennent leur poste dès que je vais me coucher.

Il devina la réplique de Dorinda et s'empressa de la devancer :

– Vous avez raison! Désormais, je mettrai en place une surveillance dès la tombée de la nuit, mais je vous assure qu'un tel incident a peu de chances de se reproduire.

– Il est seulement regrettable que lady Lettice se soit trouvée à bord lors de cette attaque!

Maximus Kirby ne répondit pas. Le bateau continuait de longer la côte vers Singapour.

Dorinda apprit avec soulagement qu'ils y arriveraient vers la fin de l'après-midi. Elle redoutait de passer une nuit de plus à bord avec Letty qui refusait obstinément de continuer le voyage. Cela inquiétait beaucoup Dorinda qui faisait l'impossible pour que M. Kirby ne rende pas visite à sa future épouse.

Elle était résolue à avoir un entretien avec lui la veille du mariage, comme son père le lui avait demandé. Mais comme il pouvait aller dans la cabine de Letty et peut-être tenter de l'embrasser, elle décida de le faire sur-le-champ.

L'occasion se présenta dans l'après-midi. Comme sœur Teresa tenait compagnie à Letty dans sa cabine, Dorinda s'assit sous la partie couverte du pont et attendit. Maximus Kirby ne tarda pas à la rejoindre et s'installa auprès d'elle dans une chaise longue.

– Comment va votre bras?

– Ce ne sera rien, une simple égratignure! Sœur Teresa donne trop d'importance à ce bobo. Comme toutes les femmes, elle aime avoir un homme à torturer!

– C'est aussi ce que les femmes disent des hommes!

Il la regarda un peu surpris et elle ajouta d'une voix à peine perceptible :

– Je voudrais... vous parler... de lady Lettice.

– A-t-elle du chagrin?

– Elle a eu une très forte émotion. Habituée à une vie paisible en Angleterre, elle ne peut pas supporter de semblables incidents.

Il y eut un long silence, et Dorinda ajouta sans oser regarder Maximus :

– Je voudrais que vous me promettiez... avant d'épouser lady Lettice, d'être... très gentil et très patient avec elle.

– Avez-vous l'intention, mademoiselle Hyde, de m'indiquer de quelle façon je dois aimer une femme?

Dorinda se sentit rougir.

– Oh non... certainement non. Je voulais simplement essayer de vous faire comprendre que lady Lettice a une conception du mariage bien différente de celle des autres femmes.

– Dois-je comprendre que lady Lettice ne veut pas m'épouser?

– Non... non, ce n'est pas cela. Seulement, elle est très loin de chez elle et elle ne vous connaît pas encore suffisamment. A Alderburne Park, elle ne vous avait vu que deux fois.

– J'avais cru comprendre, d'après les propos de son père, que cette idée de mariage avait reçu son agrément.

« C'est peut-être la première fois dans la vie de Maximus Kirby qu'une femme ne se jette pas à son cou quand il parle de mariage », pensa Dorinda.

– Je suis certaine que... tout ira bien, dit-elle. Si vous êtes patient, si vous... savez vous faire aimer d'elle avant...

– Je comprends parfaitement ce que vous voulez dire, mademoiselle Hyde, dit-il d'un ton sec.

Alors, il se leva brusquement et fit quelques pas. Dorinda le regarda s'éloigner à regret. Avait-elle gâté les choses? Avait-elle eu tort de parler? Lui avait-elle fait comprendre que tout n'était pas comme il l'avait cru tout d'abord?

Leur conversation s'arrêta là.

Vers la fin de l'après-midi, Singapour fut en vue; Dorinda aurait aimé rester sur le pont pendant l'entrée dans le port mais elle dut aider sœur Teresa.

Il ne fut pas facile de décider Letty à s'habiller et encore moins de la persuader de se montrer aimable!

Dorinda se consola de ce spectacle manqué en contemplant Letty au faîte de sa beauté dans une robe de mousseline blanche et coiffée d'une capeline garnie d'une guirlande de roses. Maximus Kirby ne put dissimuler sa fierté lorsqu'il prit la main de Letty pour la porter à ses lèvres.

– J'espère que vous allez mieux, lui dit-il. Je regrette que vous ayez été dérangée la nuit dernière.

– Je n'aime pas la mer... elle me fait peur, dit-elle sur un ton un peu aigre.

– Nous allons justement descendre à terre, ainsi vous n'aurez plus aucune raison d'avoir peur!

Letty ne répondit pas. Elle ne désirait qu'une chose : quitter ce bateau et tout ce qu'il lui rappelait au plus vite. Dorinda serra la main du capitaine et dit au revoir à quelques membres de l'équipage. Mais Letty demeura boudeuse. Elle semblait impatiente d'arriver à quai et de mettre le pied sur la passerelle de débarquement. Maximus Kirby l'aida à descendre, et ensemble ils allèrent jusqu'aux deux voitures qui les attendaient.

Ils étaient charmants sous l'ombrelle de dentelle qui les protégeait du soleil. Ils se dirigèrent vers la voiture de tête, tandis que Dorinda montait dans la seconde en compagnie de sœur Teresa. Mais Letty ne l'entendait pas ainsi.

– Voulez-vous venir dans ma voiture? demanda Maximus à Letty avec un sourire qui aurait fait aller pieds nus jusqu'au Tibet n'importe quelle femme.

– Je veux monter dans celle de Dorinda et de sœur Teresa. Je veux rester avec elles.

Maximus Kirby ne fit aucune remarque; il prit place dans la voiture de tête avec trois autres personnes.

La ville plut immédiatement à Dorinda : les rues étaient étroites, les maisons hautes; les enseignes, suspendues à des potences métalliques, si nombreuses qu'elles semblaient se toucher, étaient peintes en rouge ou en noir et portaient des inscriptions en caractères chinois.

C'était amusant de voir les Chinois marcher à petits pas dans leurs chaussures à semelle épaisse, les mains dissimulées dans les larges manches de leur habit. Les femmes portaient dans les cheveux des épingles d'or ou d'argent et avaient le visage maquillé de rouge et de blanc.

Tandis que les Chinois paraissaient riches et prospères, les Malais allaient en haillons et semblaient voués aux plus basses corvées, telles que le nettoyage des rues ou des devantures de boutiques.

Il était difficile de voir en détail ces petites rues, car les chevaux avançaient à vive allure vers les quartiers résidentiels situés sur les hauteurs. Du sommet de la colline, on découvrait une vue magnifique sur le port; les équipages s'arrêtèrent devant chez Maximus Kirby.

Dorinda fut impressionnée par la beauté de la maison dont la toiture était faite de tuiles vernissées vert jade.

A chaque coin, à la façon chinoise, se dressait un dragon de porcelaine.

L'entrée principale était surmontée d'un immense porche sous lequel on pouvait sans se soucier du soleil ou de la pluie accéder à un escalier monumental.

Dorinda ne s'attendait pas à tant de splendeur. Rien n'égalait en beauté la demeure que Maximus Kirby avait fait construire pour Letty!

Dès leur entrée dans la première pièce, ils furent accueillis par une fraîcheur bien réconfortante après la chaleur extérieure.

Dorinda mit quelques instants à s'habituer à l'obscurité, puis découvrit peu à peu tous les trésors qui l'entouraient : de grands vases chinois, des meubles marquetés, des tableaux que Maximus Kirby avait probablement rapportés d'Europe et partout des bouquets d'orchidées multicolores. Tout était si beau qu'elle resta stupéfaite un long moment. Puis soudain, elle entendit Letty dire sur le ton plaintif qu'elle connaissait bien :

– Je veux aller me coucher... Je suis malade.

– Oui, bien sûr, dans un instant, lui répondit Dorinda avec douceur. Je suis certaine que l'on va nous conduire à nos chambres.

Elles étaient tout aussi somptueuses que le rez-de-chaussée. Elles n'étaient pas meublées exagérément, mais semblaient très confortables. La chambre de Letty était tapissée d'un papier dans le goût chinois, à fleurs roses et oiseaux exotiques.

– Regarde, Letty, les beaux oiseaux! s'exclama Dorinda.

Mais cette fois, les oiseaux ne suffisaient plus à la calmer.

– Je suis malade... Je veux rentrer chez moi, répéta-t-elle plusieurs fois comme un perroquet.

Enfin, on aida Letty à se déshabiller et on la coucha dans le grand lit à baldaquin, entièrement clos par une moustiquaire blanche qui lui conférait un aspect féerique. Sœur Teresa donna un sirop sédatif à Letty qui ne tarda pas s'endormir.

– Je n'aime pas administrer de semblables drogues, dit-elle à Dorinda quand elles eurent quitté la chambre. Heureusement, ce sirop est très léger, et je ne voyais pas d'autre moyen de la calmer.

– Quel dommage que nous ayons été attaqués par ces pirates! Letty était si bien jusque-là! Elle était si impatiente de voir la maison et le jardin!

– A-t-elle toujours été ainsi? demanda sœur Teresa.

Dorinda hésita un moment, puis lui dit la vérité.

– Elle a quelquefois de meilleurs moments, mais ils sont rares. Elle a beaucoup de mal à fixer son attention et il n'y a vraiment que les choses futiles qui l'amusent, les oiseaux ou les poupées, par exemple.

– Cependant, son père a trouvé opportun de lui choisir un mari comme Maximus Kirby!

Dorinda préféra ne pas répondre. Quand elle dut s'asseoir à la table de Maximus Kirby pour le dîner, elle était fort mal à l'aise.

C'était un hôte plein d'attentions. Cependant, il ne parvenait pas à cacher que l'attitude de Letty le préoccupait.

Dorinda fit tout pour lui faire oublier les défauts de sa sœur. Après le dîner, sœur Teresa s'excusa : elle voulait aller voir Letty et se coucher.

Maximus Kirby ne fit aucune tentative pour la retenir, Dorinda se retrouva en tête à tête avec son futur beau-frère dans l'immense salon, au cœur de la maison, qui communiquait avec toutes les autres pièces.

Au bout de quelques instants, Dorinda se leva, passa dans la pièce voisine et regarda par la fenêtre. Il faisait déjà nuit, mais elle se souvenait avoir vu au moment de son arrivée des arbustes couverts de fleurs et une profusion d'orchidées.

– Il est trop tard maintenant pour admirer le jardin, dit Maximus Kirby qui s'était approché. Voulez-vous visiter le reste de la maison?

– Cela me plairait, dit-elle avec un enthousiasme qui faisait oublier un peu l'absence de Letty.

La maison était bâtie à la manière chinoise, le confort en plus : une splendide salle de bains et une immense cuisine.

Rien n'était plus délicieux que ces petites cours intérieures ombragées dans la journée et dont les fontaines et les bassins augmentaient l'agrément; une galerie courait le long des chambres au premier étage. Dorinda n'avait pas supposé un goût aussi sûr à son hôte. C'était un aspect de sa personnalité auquel elle n'avait pas songé.

La décoration raffinée, les tuiles anciennes et les sculptures chinoises donnaient à l'ensemble une grande originalité. Les meubles eux-mêmes, les tableaux et les tapis semblaient avoir été réunis au prix de patientes recherches.

Au cours de sa visite, Dorinda découvrit que dans cette maison, apparemment neuve, une partie était plus ancienne.

– J'ai acheté une maison à cet emplacement quand je suis arrivé à Singapour, expliqua Maximus. J'en ai fait démolir une partie, mais j'ai tenu à conserver intactes certaines pièces.

Dorinda supposa qu'elles avaient une attribution particulière.

– Puis-je les voir?

Maximus semblait hésiter.

– Si cela vous fait plaisir...

Ils pénétrèrent donc dans l'ancien corps de bâtiment dont les pièces étaient disposées autour d'une cour minuscule avec en son centre un magnolia en fleurs et quelques arbrisseaux.

Maximus conduisit Dorinda dans une chambre où étaient réunis tous ses trésors personnels. Il y avait des bronzes chinois du XIIIe siècle avant Jésus-Christ et une merveilleuse collection de jades.

– Que savez-vous du jade? lui demanda M. Kirby.

– J'ai lu que les Chinois le considèrent comme une pierre céleste, chargée d'une force créatrice.

– Cela est vrai. On lui attribue aussi un pouvoir de guérison et d'immortalité.

Dorinda prit une pièce de jade dans sa main. Il était aussi pur que la mer au petit matin.

– Je crois aussi que le jade chasse le mal, ajouta-t-elle.

– Vous croyez à ce pouvoir?

– Je veux y croire. Peut-être un jour posséderai-je une statuette comme celle-ci et chaque fois qu'une pensée mauvaise me viendra à l'esprit il me suffira de la toucher pour la chasser.

Elle n'avait pas songé en disant cela que son hôte se sentirait peut-être obligé de lui en faire présent, aussi s'empressa-t-elle de changer de sujet.

– Je vois une autre pièce là-bas, pourrais-je la visiter?

Une fois encore, Maximus parut réticent. Elle écarta la portière qui en gardait le seuil, et elle se trouva devant un décor étrange. Des coussins à même le sol servaient de sièges, et sur des tables basses, étaient disposées quelques figurines chinoises. Elle les regarda attentivement et ne put retenir une exclamation de joie. L'une d'elles représentait un cheval exécuté dans un bronze aux tons très chauds, qu'elle identifia aussitôt.

– Il est de l'époque Tang, n'est-ce pas? Il gardait autrefois une sépulture?

– Comment savez-vous cela?

– J'ai lu beaucoup d'ouvrages sur cette période. Je désirais tellement en voir une de près.

Elle caressa du bout des doigts le cou délicatement courbé du petit cheval.

– Quelle tension et quelle vigueur, dit-elle tout bas. On dirait qu'il va bouger.

– Je vais maintenant vous montrer mes tableaux. Je voudrais savoir ce que vous en pensez.

Dorinda se tourna vers le mur et vit trois peintures qui semblaient très anciennes. C'étaient des esquisses en noir exécutées au pinceau. La première représentait des fleurs auprès d'un étang calme. Au-dessus s'élevait un grand rocher au sommet duquel se trouvait un arbre courbé par le vent. Dorinda contempla le tableau en silence un long moment. Puis Maximus Kirby lui demanda doucement :

– Que voyez-vous?

– Je sais, dit-elle, que les Chinois de cette époque peignaient un monde qui n'était pas celui qu'ils voyaient. Un monde de spiritualité, au delà du nôtre. (Elle réfléchit quelques instants, puis ajouta :) Je crois que les fleurs et l'étang représentent l'existence terrestre faite de calme et de facilité.

– Continuez...

– Au lieu de séjourner tranquillement auprès des fleurs et du bassin, nous sommes appelés... à escalader ce rocher pour atteindre le sommet. C'est une épreuve très difficile, et le sentier peut nous sembler rude et froid; cependant, c'est la seule voie qui nous permette de progresser et d'accomplir notre mission.

Il y eut un long silence et Dorinda sentit qu'ils étaient très proches l'un de l'autre. Alors, il prit son bras et la conduisit vers le mur opposé sur lequel se trouvait un seul tableau.

– Dites-moi ce que cela signifie.

Elle frissonna car il la tenait toujours par le bras. Il émanait de lui une telle force que soudain elle se sentit faible et soumise. Elle avait envie de s'appuyer sur lui, car elle savait qu'il la protégerait. Elle fit un effort pour ne penser qu'à la peinture.

Ici encore, l'artiste avait travaillé par petites touches. Cependant, il se dégageait de son dessin une profondeur qui n'apparaissait pas au premier regard. Ce tableau représentait un pont sous lequel coulait une rivière.

« Le torrent de la vie! » pensa Dorinda.

Il y avait des fleurs, un arbre chargé de fruits et au-dessus un nuage. Plus haut, on voyait les pics d'une montagne qui scintillaient sous la lumière du soleil. Ils attiraient l'œil mais Dorinda fixa son regard sur le pont et le torrent.

– Quelle signification attribuez-vous à cela? demanda vivement Maximus.

– Je ne saurais le dire exactement, répondit-elle, mais je pense que cela dépend de la personne qui le regarde. L'idée qui se dégage de ce tableau me semble difficile à exprimer... (Puis, après une hésitation:) Je reviendrai le regarder plusieurs fois avant de savoir.

Il ne répondit pas. Elle regarda autour d'elle, et une sensation de paix et de calme l'envahit.

– Je suis sûre, dit-elle, que vous venez ici quand vous êtes préoccupé ou fatigué. Cette pièce semble bien être le cœur de la maison.

Elle crut que Maximus allait rire mais il n'en fut rien, il la reconduisit dans la partie neuve de la maison.

Elle pensa qu'il allait l'inviter à s'asseoir pour continuer cette conversation, mais il l'accompagna au pied de l'escalier. Elle lui tendit la main.

– Bonne nuit, monsieur Kirby. Merci de m'avoir fait visiter votre magnifique demeure.

– Je suis content qu'elle vous plaise.

Son visage avait une expression indéfinissable. Elle s'étonna de sa froideur soudaine et crut qu'elle l'avait offensé. Sans plus attendre, il s'inclina et s'éloigna.

Elle se coucha et s'interrogea sur l'attitude de Maximus. Dans l'obscurité de sa chambre, elle essaya de se souvenir de ce qui s'était passé depuis leur première rencontre, à l'arrivée de l'*Osaka*.

Il était curieux et énigmatique. Tous ceux qui lui avaient parlé de lui l'avaient décrit comme un être à la personnalité étrange. Mais personne n'avait mentionné l'étendue de sa culture. Elle pensait que seul son père pouvait peut-être l'égaler, car il appréciait la peinture chinoise, mais il ne la comprenait certainement pas aussi bien. Qui était-il donc, cet homme énigmatique qui allait être bientôt son beau-frère? « Mon beau-frère! »

Elle murmura encore une fois ces mots et se retourna dans son lit pour essayer de dissiper le malaise qu'ils faisaient naître en elle.

6

Dorinda s'attarda dans le grand salon obscur et regarda longuement le jardin.

Des nuées de papillons voletaient au-dessus des orchidées, tous plus beaux les uns que les autres : pourpres, orange, jaunes, vermillon et turquoise. Dorinda avait eu de nombreuses raisons de s'émerveiller depuis son arrivée à Singapour, mais les papillons lui procuraient toujours un plaisir nouveau. La lumière dorée du soleil recouvrait le jardin d'une douce clarté; elle songea avec nostalgie à son prochain retour dans une Angleterre de brumes et de froid. Aussitôt l'eczéma réapparaîtrait et elle redeviendrait le fantôme d'Alderburne Park se dissimulant dès que des visiteurs étrangers se présenteraient. Elle accomplirait jour après jour les tâches anciennes et entendrait de nouveau son père dire : « Où est Dorinda? C'est elle qui doit s'occuper de ceci ou de cela » ou sa mère lui demander à l'oreille : « Je t'en prie, Dorinda, occupe-toi du menu! Je n'arrive pas à décider le chef quand il est de mauvaise humeur! »

Au bout de quelques semaines, elle aurait l'impression de n'avoir jamais quitté la maison familiale. Seules quelques images de son voyage lui resteraient en mémoire : images d'un pays baigné de soleil, peuplé de quantité de papillons. Souvenir de sa joie de pouvoir parler à des gens, de son aisance, de sa guérison. Mais un souvenir dominerait tous les autres : celui de Maximus Kirby!

Elle était maintenant là depuis six jours et pourtant, depuis le soir où il lui avait fait visiter la maison, ils n'avaient pas eu une conversation en tête à tête. Il était sans cesse absorbé par l'immense travail qu'il accomplissait.

De très nombreux visiteurs venaient sans cesse : des notables qui faisaient escale, des mandarins chinois, dans leurs longues tuniques, des marchands en vêtements européens, des représentants de la Compagnie des Indes, des officiers de tous les pays, etc.

Il lui semblait impossible qu'un seul homme eût autant de pôles d'attraction et fût capable de faire autant de choses en une seule journée.

Maximus Kirby se levait bien avant que ses invités ne soient réveillés. Il travaillait dans son bureau ou faisait une promenade à cheval, son exercice favori. Tant de choses réclamaient l'attention, le jugement, l'autorité de M. Kirby, que Dorinda, qui au cours des dîners l'écoutait parler, se demandait s'il existait un autre homme capable de déployer autant d'énergie et d'enthousiasme pour ce qu'il faisait!

– M. Kirby est étonnant! dit-elle un jour à Lee Chang Lo, son secrétaire particulier.

– C'est surtout une question d'organisation, mademoiselle Hyde, répondit celui-ci dans un anglais parfait.

Comme Dorinda s'étonnait, il continua :

– Par exemple, M. Kirby est assez avisé pour ne pas perdre de temps quand il doit se déplacer. Il n'a pas à attendre qu'on lui prépare ses bagages, ou que le bateau appareille.

– Que voulez-vous dire?

– Jour et nuit, il y a une ou deux voitures devant la porte d'entrée, prêtes à le conduire où il le désire. Ainsi, il n'est pas obligé d'envoyer un palefrenier aux étables pour atteler.

– En effet, voilà de l'organisation! s'exclama Dorinda.

– Les deux yachts de M. Kirby peuvent toujours appareiller dès qu'il monte à bord, continua Lee Chang Lo.

– Les deux yachts?

– M. Kirby possède un bateau à vapeur, le *Dragon des Mers* sur lequel vous êtes arrivée, et un autre à voiles, *La Nymphe de la Mer.* Demandez-lui de vous le montrer, c'est une immense jonque chinoise qu'il a prise aux pirates et aménagée très confortablement.

– C'est extraordinaire.

– A bord de chaque bateau, M. Kirby a toujours les mêmes vêtements que dans ses armoires. Ainsi, s'il décide de partir d'un jour à l'autre pour un long voyage, il n'a pas à attendre ses bagages.

Dorinda applaudit.

– Quelle bonne idée! Ainsi, il ne perd pas de temps en choses inutiles pour en consacrer plus aux tâches vraiment importantes. Mais je suis sûre que vous lui apportez une aide précieuse, ajouta-t-elle.

Le Chinois s'inclina, et comme si cette remarque le rappelait à ses devoirs, il disparut en un clin d'œil.

Ce qui surprenait le plus Dorinda, c'était le soin que Maximus Kirby apportait aux petits détails. Sa générosité envers Letty, par exemple, se manifestait non seulement par de nombreux cadeaux, mais aussi par l'intention particulière qui accompagnait chacun d'eux.

Le jour qui suivit leur arrivée, elle reçut en plus du collier et du bracelet assortis à sa bague de fiançailles, une broche en forme d'oiseau de paradis, dont le plumage était de pierres précieuses. C'était un bijou magnifique que Dorinda et sœur Teresa admirèrent longuement. Mais Letty le délaissa, comme le collier orné de papillons aux ailes de rubis et d'émeraude que Maximus lui offrit deux jours plus tard.

Dorinda fut très touchée elle aussi quand elle reçut des cadeaux. Le premier fut un petit dragon de jade. Elle se sentait très confuse en ouvrant la petite boîte qui le contenait, consciente qu'elle le lui avait presque demandé. Cependant, elle l'accepta avec plaisir.

Elle consulta aussitôt ses livres et découvrit qu'il datait de la dynastie des Ching. C'était une pièce plus récente que certaines de celles de M. Kirby, mais la sculpture en était précieuse et le vert très lumineux.

Le jour suivant, elle reçut un ivoire merveilleusement sculpté.

– Admirez ce travail! s'exclama-t-elle devant sœur Teresa.

– Les Chinois ont la passion du détail, répondit-elle.

L'ivoire était placé dans une petite boîte en bois recouverte d'une broderie de soie.

– Un cadeau semble encore plus précieux quand il est joliment présenté.

– Les Chinois sont experts dans la fabrication de ces boîtes. Pour eux, chaque cadeau s'accompagne d'un cérémonial dont on garde le souvenir.

– Je n'oublierai jamais les miens, dit Dorinda qui essaya d'imaginer quelle place elle leur réserverait dans sa chambre d'Alderburne Park.

Tous les jours, elle caressait son petit dragon de jade afin qu'il la préserve des mauvaises pensées. A vrai dire, le seul péché dont elle pouvait s'accuser était la jalousie!

Elle était jalouse de Letty, pas à cause des bijoux qu'elle recevait ou de la vie dorée qu'elle allait connaître, mais simplement parce qu'elle aurait le privilège de vivre près de Maximus Kirby.

« Y a-t-il rien de plus fascinant, pensait-elle, que d'écouter un homme qui peut parler de choses aussi diverses? Un homme qui sait tant de choses et qui ne révèle pas à tout le monde les secrets de sa personnalité? »

Elle n'osait se l'avouer, mais secrètement, elle était heureuse que Maximus Kirby n'ait pas montré ses « trésors » à Letty.

Il lui avait fait visiter la nouvelle partie de la maison tout comme à Dorinda et elle avait dit quelques banalités sur la décoration, les tableaux et les grands dragons de porcelaine qui étaient les « gardiens de la maison ».

– Il y a aussi d'autres gardes! s'était empressé d'ajouter Maximus Kirby quand il avait vu son regard chargé d'appréhension. Ils assurent leur service jour et nuit, ainsi vous ne devez pas avoir peur.

Sur l'insistance de sœur Teresa, Letty fit un effort pour se montrer à l'heure des repas. Mais le plus souvent, elle était fatiguée et le soir elle ne descendait pas pour le dîner. Dorinda, le lendemain, lui racontait ce qui s'était passé, parlait des invités fort intéressants, mais elle ne l'écoutait pas.

– Trop de monde! répondait-elle. Ils parlent trop, cela me donne la migraine.

– Mais Letty, tu devras bientôt les recevoir comme une bonne maîtresse de maison!

– Non! répondait-elle avec entêtement.

Depuis deux jours elle se plaignait moins et ne parlait plus de rentrer en Angleterre. Elle s'intéressait beaucoup aux enfants chinois de l'école de la Mission que sœur Teresa lui avait fait visiter.

Sœur Teresa ne parvenait pas à lui faire quitter la Mission. Elle ne parlait que de cela. Même le collier de perles que Maximus Kirby venait de lui offrir ne parvenait pas à l'en distraire.

– Pourtant, ce sont des perles de grande valeur, précisa sœur Teresa à Dorinda.

A ces mots, Dorinda se souvint du récit du docteur et du commissaire de bord à propos d'une maîtresse de M. Kirby nommée *Perle* à qui il avait offert un collier si lourd que l'on se demandait comment son cou si frêle pouvait le porter!

« Il peut avoir toutes les femmes qu'il désire dans son royaume, pensa-t-elle. Alors pourquoi a-t-il décidé de se marier? »

Le jour suivant, son voisin de table, au dîner, était sir Hugh Lowe, le résident de l'Etat du Pérak, qui avait tant fait pour la prospérité de ce pays. Quand il avait pris ses fonctions, le Pérak était affecté d'une lourde dette que ses maigres ressources ne suffisaient pas à rembourser. L'habileté de sir Hugh, associée à l'aide de Maximus Kirby, avaient concouru à le transformer en un Etat prospère.

– Je ne saurais vous dire, confia-t-il à Dorinda, combien M. Kirby m'a aidé dans la réalisation de mes projets.

– Il semble aider tout le monde, répondit-elle. Je ne comprends pas pourquoi on ne l'a pas nommé gouverneur de Singapour.

Sir Hugh Lowe sourit.

– Nous essayons en ce moment de nous débarrasser de l'actuel gouverneur.

– Pourquoi?

– Il a été nommé voici deux ans et il n'a même pas encore visité la Malaisie!

– C'est extraordinaire! s'exclama la jeune fille. Je ne suis donc pas étonnée que M. Kirby soit obligé de tout faire!

– M. Kirby et moi-même avons tout essayé pour faire nommer à sa place sir Frederick Weld. Il a été gouverneur de l'ouest de l'Australie et en Tasmanie. Je pense qu'il pourrait rendre de grands services à Singapour.

– Mais pourquoi ne pouvez-vous pas faire nommer M. Kirby?

– Il est encore jeune et célibataire, bien que cela soit sur le point de changer!

– Vous voulez dire qu'il aurait alors toutes les chances d'obtenir ce poste?

– Sir Frederick a annoncé qu'il ne resterait pas longtemps. D'une part, il est trop âgé et d'autre part son successeur est tout désigné.

Dorinda comprenait enfin pourquoi Maximus Kirby tenait tant à se marier! Une maîtresse de maison lui était sans doute indispensable, car il devrait recevoir de plus en plus!

D'ailleurs, la reine n'accorderait cette distinction qu'à un homme à la réputation sans tache. *Perle* et Goldie n'étaient certainement pas dignes de représenter Sa Très Gracieuse Majesté, Impératrice des Indes. Maximus Kirby avait donc décidé de se marier! Il était venu chercher en Angleterre des machines, des fournisseurs, des chevaux et... une épouse!

Au Club, on l'avait en même temps renseigné sur la qualité des chevaux du comte et sur la beauté de sa fille. Les choses s'étaient ainsi facilement enchaînées. Il était venu à Alderburne Park, et une seule rencontre avec Letty avait suffi à le convaincre qu'elle serait l'épouse parfaite du futur gouverneur de Singapour.

Elle était non seulement belle, ce qui était pour lui l'essentiel, mais issue d'une famille au passé prestigieux, ce qui n'était pas la moindre de ses qualités.

Il n'y avait donc eu aucun obstacle à son choix.

Mais maintenant que Maximus Kirby la voyait en dehors de son milieu familial, qu'en pensait-il?

Dorinda n'osait chercher une réponse à cette terrible question. Mais puisqu'elle savait ce que M. Kirby attendait de ce mariage, elle allait redoubler d'efforts pour faire entendre raison à Letty.

Quelquefois, celle-ci consentait à écouter Dorinda, mais le plus souvent, elle affectait un air absent et n'entendait même pas ce qu'on lui expliquait.

Ce matin-là, quand Dorinda vint la voir, elle était d'humeur irritable.

– Va-t'en, Dorinda! lui cria-t-elle. Je ne veux rien entendre. Je veux rester avec sœur Teresa qui m'emmènera voir les enfants chinois.

– Mais tu ne peux pas y aller ce matin...

– Pourquoi pas? demanda-t-elle brusquement, puis elle se mit à bouder.

– Parce que nous allons déjeuner tôt et qu'ensuite nous partirons visiter les plantations de M. Kirby. Tu te souviens; il t'en a parlé et tu avais manifesté le désir de les voir!

Letty haussa les épaules.

– C'est important, Letty, dit Dorinda. Les expériences qu'il est en train de faire peuvent assurer à Singapour une grande prospérité.

– Je ne veux pas voir les plantations!

– Elles sont pourtant très intéressantes et tu y verras beaucoup d'enfants chinois et malais, ajouta-t-elle pour la décider.

– Il fait trop chaud!

– Nous ne partirons pas avant la fin de l'après-midi. Tu auras le temps de faire la sieste, après quoi tu te sentiras tout à fait bien et tu pourras mieux profiter de cette excursion. Je suis certaine que ce sera très beau et très intéressant.

Mais l'obstination de Letty était telle que Dorinda s'en alla; il était inutile d'insister.

Elle redescendit au rez-de-chaussée. Elle savait que Maximus Kirby avait des rendez-vous en ville et que la maison était vide.

Elle se rendit tout naturellement dans la partie ancienne. Elle n'y était pas retournée depuis sa première visite sous la conduite de leur hôte.

Elle aurait aimé visiter de nouveau ces pièces secrètes en sa compagnie et admirer les porcelaines et les tableaux mais il ne l'y avait pas conviée. Peut-être regrettait-il de lui avoir montré des choses aussi personnelles!

Elle se dirigea d'un pas rapide vers la petite cour qui lui parut plus jolie encore que la première fois. Elle avait appris depuis qu'on l'appelait « la cour des chuchotements », sans doute parce que les épouses ou les concubines du propriétaire s'y rencontraient pour échanger des confidences à voix basse.

La porte qui donnait dans la pièce des jades était ouverte. Dorinda admira encore longuement ces trésors d'un autre âge, que le maître de maison avait patiemment rassemblés.

Elle s'arrêta sur une fleur de lotus sculptée dans une néphrite (1) blanc et vert pâle. L'exécution en était si délicate que l'on croyait voir les pétales s'ouvrir. A côté se trouvait une déesse chinoise de corail, ainsi qu'un disque décoré de dragons qu'elle avait déjà remarqué. Ces pièces remontaient sans doute à plusieurs siècles avant Jésus-Christ.

Elle s'attarda encore quelques instants devant les jades, puis comme si elle se sentait attirée par des mains invisibles, elle franchit la tenture de soie brodée et passa dans la pièce voisine.

De nouveau, elle fut frappée par l'impression de quiétude qui s'en dégageait. C'était sans doute ici que Maximus Kirby venait méditer. Quand on entrait, c'était un peu comme si une main fraîche s'était posée sur un front fiévreux.

Elle regarda les tableaux. Elle était sûre de n'avoir pas commis d'erreur dans la façon d'interpréter le premier. Le grand rocher faisait un contraste saisissant avec les fleurs et les eaux calmes du bassin.

Elle se tourna vers le second tableau qui représentait le torrent et les nuages dominés par les pics

(1) Néphrite de Chine : variété de jade.

des montagnes. Elle remarqua un détail qui lui avait échappé au cours de sa première visite : avant de passer sous le pont, le torrent se divisait en deux cours d'eau.

Elle resta un long moment à le contempler. Plusieurs interprétations de ce détail lui vinrent à l'esprit mais, ne sachant laquelle choisir, elle quitta la pièce.

C'est alors qu'elle eut l'étrange impression qu'une force surnaturelle l'abandonnait.

L'heure du déjeuner approchait et elle se dirigea vers la chambre de Letty. A sa grande surprise, elle ne trouva ni Letty ni sœur Teresa.

Elles arrivèrent bien après que le déjeuner fut prêt. Kirby les attendait. Plusieurs personnes étaient invitées; si ce retard le contraria, il ne le montra pas. Il accueillit Letty avec un sourire et porta sa main à ses lèvres.

– Veuillez nous excuser, dit sœur Teresa. J'ai cassé ma montre et je ne me suis pas rendu compte qu'il était si tard.

– Alors, je vous en offrirai une! répondit Maximus Kirby.

– Il serait plus économique de faire réparer la mienne, remarqua sœur Teresa.

– Nous ferons cela aussi, dit-il. Il est toujours bon d'avoir deux montres!

On se mit à table. Letty était rayonnante dans une robe couleur de ciel qui rappelait le bleu de ses yeux. Elle semblait de bonne humeur et nullement fatiguée par sa promenade du matin. Il fallait cependant qu'elle puisse se reposer après le repas, et Dorinda l'accompagna jusqu'à sa chambre dès que les premiers invités se levèrent de table.

Il faisait frais dans la chambre car deux énormes ventilateurs assuraient le renouvellement de l'air. Des fleurs disposées dans un vase embaumaient et des senteurs venues du jardin par la fenêtre ouverte s'ajoutaient à leur parfum.

– Essaie de dormir un peu, Letty, dit Dorinda. Je voudrais que tu puisses profiter de toutes les belles choses que M. Kirby va nous montrer cet après-midi.

– Viendras-tu?

– Si tu le veux. Mais ne serait-il pas préférable que tu y ailles seule avec M. Kirby?

– Je veux que tu viennes, dit Letty avec son obstination coutumière.

– Alors, je viendrai, promit Dorinda.

En vérité, elle avait été très déçue qu'on l'oubliât, mais elle était prête à s'effacer s'il le fallait.

Il avait été décidé que sœur Teresa irait en ville dans l'après-midi pour ses affaires personnelles qu'elle avait jusqu'à présent négligées puisqu'elle consacrait tout son temps à Letty.

– Avant de partir, je vous aiderai à l'habiller, dit sœur Teresa à Dorinda, puis j'irai en ville. Il faudra certainement que je sois à Sarawak avant la date du mariage.

– Oh! non, ne partez pas, supplia Dorinda. Je ne sais pas ce que Letty ferait sans vous et je ne lui ai pas encore dit comment se déroulera la cérémonie.

Sœur Teresa regarda Dorinda en souriant. Elle savait que Maximus Kirby imaginait tous les jours de nouvelles réjouissances afin que son mariage soit une fête sans précédent. Tant de jeux et de divertissements étaient prévus que cette réception serait comparable à une foire.

Dorinda trouvait qu'une manifestation de cette ampleur était un peu déplacée pour un mariage, mais le souci de popularité de M. Kirby s'en accommodait fort bien.

Pour les Chinois, le mariage était un événement très important. Cela commençait par l'intervention d'un « agent matrimonial » qui se chargeait de trouver l'épouse. Ensuite, on consultait un astrologue afin de savoir si l'union des fiancés serait heureuse. Si le verdict de l'astrologue était favorable, on commençait à échanger des cadeaux. L'homme envoyait un anneau d'or et d'autres bijoux à sa future épouse qui lui offrait en retour une épingle à cheveux en or ou un de ses bijoux. Ils étaient alors fiancés. Selon Lee Chang Lo, que Dorinda avait questionné, l'homme ne voyait sa fiancée que le jour du mariage.

L'organisation de cette cérémonie donnait lieu à d'innombrables préparatifs qui avaient tous une signification particulière.

Les futurs époux échangeaient des bougies, des dragons de papier, des plateaux de poissons ou de fruits, des sarongs de coton ou de soie, deux canards, un cochon et une chèvre rôtis.

Après la cérémonie, on conduisait l'époux dans la maison de sa femme d'où l'on tirait un feu d'artifice pour que le bonheur les accompagne.

Trois jours après le mariage, tous les amis du nouveau couple leur envoyaient de l'argent et des cadeaux. Au terme du douzième jour, les parents de la mariée donnaient une fête dont les époux étaient évidemment les invités d'honneur.

– Est-ce tout? avait demandé Dorinda.

– Non. Il faut attendre la fin du premier mois et la visite que l'épouse rend à ses parents. C'est le point final de la cérémonie.

– Comme c'est compliqué. Chaque mariage se déroule-t-il ainsi?

– Un Chinois peut avoir jusqu'à trois ou quatre épouses, répondit Lee Chang Lo, mais d'une façon générale, ici, dans le détroit, il n'en a qu'une. S'il admet d'autres femmes chez lui, elles sont considérées comme des concubines. Les enfants des différentes épouses sont égaux. On ne fait entre eux aucune différence.

– Qu'arrive-t-il lorsque le père meurt?

– Il lègue ses biens à tous ses descendants mâles afin qu'ils soient partagés également entre eux.

Il semblait évident qu'un Chinois pauvre, qui engageait tant de frais pour son mariage, pouvait s'attendre à ce que Maximus Kirby fasse mille fois plus avec sa fortune! Dorinda comprenait cela parfaitement. Mais comment convaincrait-elle Letty de prendre part à ces fêtes?

D'habitude, les fêtes en Orient se terminaient par un gigantesque feu d'artifice. Letty, qui détestait le bruit des pétards, ne manquerait pas de manifester sa désapprobation. Par chance, les époux partiraient peut-être avant qu'il ne soit tiré. Dorinda se promit d'en parler à Maximus Kirby. Mais comment lui présenter les choses?

Elle monta dans sa chambre pour lire et non pour dormir, car elle estimait que c'était du temps perdu! Elle aurait hélas! tout loisir de dormir sur le bateau qui la ramènerait en Angleterre.

Elle se plongea dans un des livres qu'elle avait pris dans la superbe bibliothèque de M. Kirby.

Les ouvrages qu'il y avait rassemblés témoignaient de sa curiosité d'esprit. On y trouvait toute l'histoire de l'Orient, des biographies d'auteurs occidentaux, d'anciens livres chinois – qu'elle ne pouvait malheureusement pas déchiffrer – et des romans français qu'elle lisait pour la première fois avec plaisir.

Son père n'avait jamais consacré beaucoup d'argent aux livres et la bibliothèque de son grand-père dans laquelle elle avait largement puisé, ne contenait que des choses sans grand intérêt.

Tout en lisant attentivement, elle regardait de temps en temps la pendule. Elle s'aperçut qu'il était temps de s'habiller si elle voulait voir Letty avant le départ.

En s'approchant de la chambre de la jeune fille, elle entendit la voix de sœur Teresa qui s'adressait à Letty.

– Vous n'êtes pas fatiguée, ma chère enfant. Vous verrez que tout ira bien si vous vous levez.

– Je ne veux pas me lever, répondait Letty. Je ne me lèverai que pour aller à la Mission jouer avec les enfants.

– Ils ne seront pas là cet après-midi, et d'autre part, vous avez promis à M. Kirby que vous iriez voir ses plantations.

– Je me sens trop fatiguée.

– Oh, Letty, il ne faut pas le décevoir! intervint Dorinda qui venait d'entrer. Il est impatient de te montrer ses cultures. Il en parle sans cesse et je t'ai dit que c'était très intéressant.

– Je n'irai pas! cria Letty.

Elle se tourna dans son lit et ferma les yeux. Elle pinçait les lèvres, ce qui semblait indiquer qu'il faudrait beaucoup de temps pour vaincre son obstination.

Dorinda et sœur Teresa la supplièrent, mais rien n'y fit.

Enfin Dorinda dut se résoudre à aller dire à M. Kirby qui les attendait que Letty n'était pas en état de venir.

– Je crains que... la chaleur... ne l'incommode, lui dit-elle en évitant son regard.

– Moi, je la supporte très bien, dit-il sèchement.

– Il aurait mieux valu qu'elle ne sorte pas ce matin...

– Elle semblait en parfaite santé pour le déjeuner, remarqua-t-il. Cela n'a pas d'importance, nous remettrons cette sortie à plus tard.

Dorinda qui le voyait contrarié hasarda :

– Il se pourrait... que ce soit... après mon départ...

– Vous avez vraiment envie d'y aller?

– J'en serais enchantée. A condition, bien sûr, que cela ne vous dérange pas.

– J'avais réservé cet après-midi à cette visite. D'ailleurs, j'ai plusieurs choses à y faire et si vous le voulez je vous emmène...

– Merci, dit-elle avec un éclair de joie dans les yeux.

– Nous partons dans quelques instants.

– Juste le temps de prendre mon chapeau et je vous rejoins.

Maximus Kirby fit un signe de la main et donna un ordre. Quelques secondes plus tard, un serviteur chinois arriva, portant le chapeau de Dorinda, une ombrelle et son sac. Elle le mit sans même prendre le temps de se regarder dans une glace et rattrapa Maximus Kirby qui descendait les marches du perron. Devant le porche, une voiture les attendait. Ce n'était pas une victoria comme elle l'avait imaginé, mais un phaéton à deux places.

Il n'était pas aussi haut sur roues que ceux que l'on voyait dans les parcs de Londres. C'était un véhicule pratique, très léger, tiré par deux chevaux.

– Avec ceci, nous irons plus vite, expliqua Maximus Kirby, comme s'il devinait la question de Dorinda.

Ils démarrèrent si brusquement qu'elle eut du mal à retenir son ombrelle et, si son chapeau de paille n'avait pas été fixé sous le menton par un ruban, elle l'aurait certainement perdu.

C'était un après-midi radieux et la chaleur était supportable. Ils prirent la direction du nord, vers l'intérieur du pays, en suivant des routes étroites. Ils traversèrent d'immenses plantations dont tous les arbres étaient en fleurs.

Au bout d'une heure de route, ils arrivèrent à celle de Maximus Kirby.

– J'ai expérimenté toutes sortes de cultures, dit-il, le tapioca, les patates douces, le sagou, le tabac, la canne à sucre et l'ananas. Mais depuis neuf ans nous développons en Malaisie une culture nouvelle qui va bouleverser l'économie du pays.

– De quoi s'agit-il?

– Du caoutchouc!

– Je croyais, au contraire, que le caoutchouc venait de cette partie du monde.

– Non, pas encore. Le caoutchouc que l'on trouve en Europe a été découvert par les Espagnols en Amérique du Sud.

– Oui, en effet, je me souviens maintenant.

– Un de leurs prêtres a laissé la description d'un jeu aztèque, dans lequel on utilisait des balles faites avec la sève d'un certain arbre, et qui rebondissaient de façon incroyable.

Dorinda se mit à rire.

– On a trouvé depuis d'autres applications!

– L'une des plus utiles a été bien entendu le « mackintosh »!

– Du nom de l'homme qui découvrit son application industrielle, dit Dorinda, contente de montrer son savoir.

– Vous savez beaucoup de choses, mademoiselle Hyde. Peut-être avons-nous lu les mêmes livres! Quoi qu'il en soit, j'ai très vite acquis la conviction que la production de caoutchouc pouvait être d'une grande utilité pour ce pays. Les premiers plants ont été apportés ici par sir Charles Markaham, un homme remarquable.

– J'ai entendu parler de lui, murmura Dorinda.

– Il a mené plusieurs expériences au Jardin botanique de Kew, qui lui ont permis de conclure que l'hévéa pouvait croître en Inde et en Malaisie. Et maintenant, vous allez voir ma plantation.

– J'espère que vos expériences réussiront, s'exclama Dorinda, déjà certaine du succès de cette entreprise.

« Le destin doit être une femme! » pensa-t-elle.

En effet, Maximus Kirby le défiait et en tirait le meilleur parti, avec cette facilité qui, par le passé, avait conquis tant de jolies femmes!

Dorinda redoutait un peu l'après-midi qu'elle allait passer seule avec lui!

Mais il y avait d'abord d'autres plantations à

visiter... Partout, ils rencontraient des troupeaux de buffles qui semblaient sortir de la préhistoire et faisaient un bruit de tonnerre en se déplaçant. Ils sortaient des marécages couverts de boue, et venaient s'ébrouer sur les terrains arides où les enfants malais les attendaient pour les rassembler.

– Les Indiens préfèrent les vaches, et les Chinois les canards et les cochons, commenta Maximus Kirby.

Partout où il y avait de l'eau, on voyait des canards blancs.

« Le repas de tous les Chinois de Singapour! » pensa Dorinda.

Ils firent halte dans une nouvelle plantation où un contremaître les accueillit et s'empressa de rendre compte à M. Kirby des progrès accomplis.

Un grand nombre d'hommes et de femmes travaillaient côte à côte, coiffés de grands chapeaux de paille pour se protéger du soleil. La terre semblait fertile et la récolte promettait d'être abondante.

Dorinda aurait aimé parler avec les coolies, mais elle savait qu'ils ne la comprendraient pas. Seuls les contremaîtres parlaient anglais.

Les plantations étaient immenses et très éloignées les unes des autres. Elle savait que le fait d'avoir remplacé Letty auprès de M. Kirby lui permettait de visiter ses propriétés méticuleusement sans avoir à se soucier de la fatigue de sa future épouse.

– Et maintenant, ma plantation de caoutchouc! dit-il avec une pointe de fierté.

Ils continuèrent leur route et Dorinda ne tarda pas à se rendre compte qu'il avait entrepris de défricher la forêt vierge pour planter ses hévéas!

– J'espère que vous ne serez pas déçue par la taille des arbres, lui dit-il. Savez-vous qu'un hévéa de l'espèce de ceux que nous plantons peut atteindre trente-sept mètres de hauteur et une circonférence de plus de cinq mètres?

– C'est considérable, dit-elle.

– Oui, cependant, la taille moyenne est entre 18 et 25 mètres, ce qui est déjà très satisfaisant.

– Quand peut-on commencer à les inciser? Si c'est le terme qui convient!

– Oui, les inciser est le terme exact. Cela ne peut être fait avant que l'arbre ait atteint cinq ou six ans. A ce moment-là, on peut commencer à recueillir le latex.

Ils avancèrent lentement, puis M. Kirby arrêta les chevaux devant un bungalow entouré d'un petit jardin.

– Ce n'est qu'un début, dit-il. Dans un mois, je commence à faire défricher une nouvelle partie de la forêt et ce bungalow sera alors situé au centre de la plantation.

Un vieux Chinois s'approcha. Il dételа les chevaux et les conduisit à l'ombre sous un arbre.

Maximus Kirby demanda au vieil homme où se trouvait le contremaître. Il désigna du doigt un groupe d'arbustes auprès duquel était un homme en chemise et pantalon blancs. Ils le rejoignirent. Kirby fit les présentations : il était anglais et s'appelait Langton.

Il avait un visage plaisant et pouvait avoir entre vingt-cinq et trente ans. Il accueillit son patron avec une évidente satisfaction.

– Je suis heureux de vous voir, monsieur Kirby. Je m'attendais à votre visite. Il y a plusieurs choses dont je voulais vous entretenir.

– Je devais venir la semaine dernière, mais je n'ai pas pu. Que se passe-t-il?

Le contremaître tenait un fusil sous le bras. Il le posa avec précaution contre le tronc d'un gros arbre et sortit des papiers de sa poche.

– C'est à propos de ce dernier envoi..., commença-t-il.

Dorinda, que cette conversation n'intéressait pas, s'éloigna pour aller voir les hévéas de plus près. Les feuilles en étaient souples et avaient à peu près 50 cm de long. Les fleurs d'un jaune pâle qui poussaient en bouquets donnaient à l'ensemble une certaine beauté.

Elle avança jusqu'à la limite de la forêt qui semblait impénétrable. D'énormes lianes s'enroulaient autour des arbres immenses comme des serpents ou allaient d'un tronc à l'autre et s'entrecroisaient en un gigantesque filet.

La jungle la fascinait. Elle attendit un peu dans l'espoir d'apercevoir un grotesque, un calao ou encore un bel argus. Contrairement à ce qu'elle avait dit à Letty, Dorinda apprit que ces oiseaux-là sortaient très rarement de la forêt et que l'on n'avait guère de chances de les voir en compagnie des oiseaux du jardin de Maximus Kirby.

Des lianes aux fleurs rouges contrastaient avec le feuillage sombre des arbres. La grande jungle paraissait étrange et inquiétante, hantée peut-être par des dragons et des sorcières.

Des oiseaux qui s'envolaient d'un arbre poussèrent des cris qui la firent tressaillir. Dans un fourré, à quelques pas, deux petits animaux se battaient.

Elle s'avança pour mieux voir, au mépris de la plus élémentaire prudence. Alors, entre deux énormes troncs d'arbres, un peu dissimulés par les lianes et faciles à reconnaître cependant, elle vit deux yeux verts qui brillaient et une fourrure rayée de jaune : un tigre!

7

Tout à fait pétrifiée, elle fixait la bête sans pouvoir détacher son regard du sien. Elle avait entendu dire plusieurs fois que si l'on restait absolument immobile, l'animal n'attaquait pas.

Le tigre émit un grognement et découvrit ses dents énormes. A en juger par la tension de ses muscles, l'animal était prêt à bondir. Dorinda avait tellement peur qu'elle était incapable de s'enfuir et s'attendait à être dévorée d'un instant à l'autre.

Soudain, elle entendit une explosion qui parut ébranler toute la forêt et le tigre s'effondra lourdement sur le sol. Des nuées d'oiseaux s'envolèrent au même instant des arbres. Dorinda sentait ses oreilles bourdonner. Elle ne parvenait pas à croire que le danger était passé, que l'animal qui la menaçait quelques instants auparavant ne présentait plus aucune menace.

Elle entendit la voix furieuse de Maximus Kirby.

– Vous êtes folle! Qu'êtes-vous venue faire ici?

Elle se tourna vers lui. Il était debout derrière elle, et paraissait très mécontent. Mais il l'avait sauvée!

Elle dut réprimer une envie de se jeter dans ses bras et de cacher son visage contre son épaule. C'est alors que M. Langton arriva en courant.

– Vous l'avez tué! Bravo, monsieur! Cela fait dix jours que j'essaie de l'abattre, il a dévoré un enfant la semaine dernière.

Maximus Kirby, toujours furieux, tendit le fusil à M. Langton d'un geste brusque.

– Je vais raccompagner Mlle Hyde au bungalow.

Prenant Dorinda par le bras, il la reconduisit

lentement. Après le choc qu'elle venait d'éprouver, elle avait une forte envie de pleurer.

– Je n'arrive pas à comprendre pourquoi vous avez commis une telle imprudence! lui demanda-t-il sur le ton d'une gouvernante qui réprimande un enfant. Ne saviez-vous pas qu'il est dangereux de s'aventurer seule dans la jungle?

Dorinda aurait voulu répondre quelque chose, mais elle avait la gorge serrée et ne pouvait articuler un seul mot.

– Qu'alliez-vous y chercher?

Elle ne savait trop quoi répondre.

– Je regardais... les arbres... et les fleurs...

Ils arrivèrent au pied de la véranda et Maximus la lâcha. Croisant son regard encore effrayé, il dit sur un ton légèrement amusé :

– Si vous vouliez voir des fleurs, il y en avait ici.

Il se baissa pour cueillir une orchidée et, à cet instant précis, quelque chose surgit des feuilles et bondit sur sa main.

Ce fut si rapide que Dorinda eut à peine le temps de voir un serpent disparaître dans les massifs. Elle poussa un cri. Maximus Kirby sans perdre une seconde retira sa veste et remonta la manche de sa chemise.

A quelques centimètres au-dessus de son poignet, sur sa peau cuivrée, on distinguait deux petits trous. Comme il restait stupide, Dorinda décida d'agir vite.

Elle saisit l'avant-bras de Maximus, pressa la peau autour des marques et appliqua sa bouche dessus pour sucer le venin.

Elle l'entendit pousser une exclamation, mais il ne retira pas son bras. C'est alors que M. Langton accourut.

– Que s'est-il passé?

– Un cobra.

M. Langton posa son fusil, tira son mouchoir de

sa poche et fit un garrot tandis que Dorinda continuait à absorber le venin.

Quand elle eut fini, elle cracha à terre et s'essuya les lèvres et la langue avec un mouchoir parfumé que lui tendit Maximus.

M. Langton tenait dans sa main un couteau dont la lame brillait au soleil.

– Faites une entaille profonde! lui commanda Kirby.

Dorinda regarda son visage impassible alors que le sang jaillissait. M. Langton retira ensuite le garrot et attacha son mouchoir sur la blessure.

– Whisky, monsieur? Voulez-vous entrer quelques instants?

– Bien volontiers!

Maximus Kirby monta lentement les marches et pénétra sous la véranda. M. Langton, qui le précédait, lui ouvrit la porte du salon. C'était une petite pièce avec très peu de meubles. M. Langton prit une bouteille aux trois quarts pleine et remplit un gobelet à ras bord. Il le tendit sans mot dire à son patron qui le but d'un trait.

– Continuez à marcher, monsieur, car vous risquez de vous engourdir.

– Je sais.

– Je vais envoyer quelqu'un chercher le docteur. Cela prendra un moment sans doute, mais il viendra au plus tôt, j'en suis certain.

Maximus Kirby ne répondit rien. Il saisit la bouteille et se servit de nouveau.

Dorinda sentit son regard se poser sur elle.

– Je vais essayer de ne pas m'enivrer! dit-il avec un léger sourire.

– Cela n'a pas d'importance, répondit-elle. Continuez à marcher. C'est la meilleure chose à faire.

Elle se souvint de ce que lui avait dit son père à propos d'un de ses amis qui s'était fait mordre par un serpent.

Dorinda avait donc agi de la même façon dès que

Kirby avait été mordu. Elle lui fit boire un troisième verre de whisky et il recommença à aller et venir à pas lents dans la pièce.

M. Langton revint.

– J'ai envoyé un de mes coolies chercher le docteur. Il court très vite et il saura le trouver.

– Combien de temps mettra-t-il à votre avis?

– Peut-être deux heures. Nous sommes assez loin de Singapour et il fera nuit quand il y arrivera.

Voyant que Kirby avait de la peine à marcher, il lui dit :

– Appuyez-vous sur mon épaule, monsieur, ce sera plus facile pour vous.

Quelques instants plus tard Dorinda s'aperçut que Maximus Kirby chancelait et elle le soutint.

Le prenant par le bras pour le passer par-dessus son épaule, elle sentit qu'il avait de la fièvre. C'était ce qu'elle craignait : le venin commençait à se répandre dans le sang. M. Langton réussit à persuader Maximus Kirby de boire ce qui restait de whisky. Il l'aida à marcher de nouveau, et ils reprirent leur va-et-vient à pas lents. Au fur et à mesure que les heures passaient, Kirby avait de plus en plus de mal à se mouvoir. Il ne se maintenait debout que grâce à son extraordinaire volonté.

Il ne disait pas un mot. Au bout d'un moment, il ferma les yeux. On n'entendait plus que le bruit de ses pas sur le parquet. Quand la nuit vint, le vieux Chinois entra et posa une lampe à huile sur la table. Il dit quelque chose à l'oreille de M. Langton.

– Wong a dit qu'il avait détaché les chevaux et les avait conduits à l'écurie pour la nuit.

– Remerciez-le, dit Dorinda.

Elle se dit qu'elle aurait pu essayer de ramener le phaéton à Singapour et en même temps prévenir le docteur. Mais aurait-elle pu maîtriser la fougue des pur-sang? Et d'autre part, aurait-elle retrouvé la route?

Ils avaient fait tant de tours et de détours dans l'après-midi qu'elle ne savait même plus dans quelle direction se trouvait la ville. D'ailleurs, elle y serait arrivée à la nuit tombée.

Il n'y a plus qu'à attendre, se dit-elle, un peu découragée.

Mais la vie de Maximus Kirby n'était-elle pas en danger? A cette seule pensée, elle frissonna. Pourtant, elle avait elle-même absorbé le venin du serpent.

– Il ne peut pas mourir, c'est impossible! se répétait-elle sans cesse.

Elle se souvint de la conversation si plaisante qu'ils avaient eue sur le yacht. Il avait encore un grand nombre de tâches à accomplir. Singapour était une ville perdue sans lui. Son avenir économique dépendait presque entièrement de lui. Il en était l'âme.

Craignant que cette morsure ne soit fatale elle commença à prier.

« Mon Dieu, faites qu'il soit sauvé et qu'il se rétablisse vite! Ne laissez pas le mal l'anéantir. Il ne doit pas mourir, il ne le doit pas. »

C'est alors qu'elle comprit pour la première fois qu'elle aimait Maximus Kirby. Elle l'avait aimé dès le premier jour, quand elle l'avait vu descendre du phaéton de son père à Alderburne Park. Elle avait été séduite par le ton de sa voix; séduite aussi par le regard qu'il avait posé sur Letty au moment de l'arrivée de l'*Osaka*.

Elle comprenait maintenant l'émotion qu'elle avait ressentie quand elle l'avait surpris avec Mme Thompson. C'était tout simplement de la jalousie! Dès qu'elle s'était installée chez lui, elle avait attendu fébrilement le moment où elle pourrait le voir, entendre sa voix, enfin... l'approcher. Le temps s'arrêtait quand il n'était pas là, et la vie paraissait sans intérêt.

« Je vous aime! Je vous aime! » lui disait-elle en

silence. Elle pria avec plus d'intensité, avec une foi qui venait du plus profond d'elle-même. Il fallait qu'il vive!

Les heures passaient et ils continuaient à marcher inlassablement. M. Langton transpirait abondamment; sa chemise devait être trempée. Dorinda sentait que sa robe aussi était humide à l'endroit où Maximus Kirby avait appuyé son bras. Elle toucha sa main, elle était brûlante; elle leva les yeux et le trouva étrangement pâle.

– Le docteur devrait être là! s'exclama-t-elle.

– Il était peut-être déjà en visite, suggéra M. Langton à voix basse. Il y a une fête chinoise aujourd'hui. J'ai libéré les coolies plus tôt que d'habitude, ils sont tous allés au village voisin à plus de deux kilomètres.

– Ne pouvons-nous faire quelque chose? demanda encore Dorinda d'un ton désespéré.

– Rien, répondit M. Langton. Seulement continuer à le faire marcher.

Cela était plus facile à dire qu'à faire. Dorinda était épuisée et M. Langton, pourtant jeune et fort, commençait à se fatiguer. Ils marchaient de long en large sans s'arrêter.

« Je ne peux plus continuer! » pensa-t-elle.

Elle ne pouvait pourtant abandonner l'homme qu'elle aimait.

« Il faut qu'il vive! Il le faut... »

Elle ferma les yeux et reprit le va-et-vient comme une automate. Quelquefois, il lui semblait impossible d'avancer et pourtant elle y parvenait. Elle sentit le bras de Kirby glisser de son épaule. Elle fit un effort pour le remettre à sa place, mais elle s'aperçut qu'il était humide.

Incrédule, elle s'empara de sa main. A la lumière de la lampe à huile, elle remarqua des gouttes de sueur sur son front et qui descendaient le long de ses joues.

– La fièvre est tombée! cria-t-elle.

– Mais c'est vrai! s'exclama M. Langton. Allons le coucher dans mon lit.

Ils le conduisirent jusqu'à la chambre et l'étendirent la tête sur l'oreiller, les pieds légèrement surélevés.

M. Langton apporta la lampe et Dorinda put vérifier qu'elle ne s'était pas trompée. La fièvre était bien tombée. Et le visage avait repris quelques couleurs. Dorinda alla chercher une serviette qu'elle trempa dans l'eau et nettoya doucement le visage de Kirby. M. Langton lui retira ses chaussures avec beaucoup de précautions afin de ne pas le réveiller.

– Nous ne pouvons rien faire d'autre avant l'arrivée du docteur.

Il s'avança vers un fauteuil et s'y laissa tomber. Il était épuisé. Dorinda aussi!

Elle resta un moment au chevet du malade.

– Merci mon Dieu! Merci! murmura-t-elle.

Puis, incapable de résister au sommeil, elle se sentit glisser doucement à terre et s'endormit, vaincue par la fatigue. Lorsqu'elle se réveilla, des voix résonnaient dans la pièce voisine.

Elle était toujours couchée à même le sol; cependant quelqu'un avait eu la délicatesse de placer un oreiller sous sa tête. C'était sans doute M. Langton.

Elle se leva péniblement et entendit une voix parler dans l'anglais précis des Chinois :

– Je venais de rentrer chez moi lorsque j'ai trouvé votre employé qui m'attendait. Il m'a dit que M. Kirby avait été mordu par un serpent.

– Oui, par un cobra, docteur Seng, mais la fièvre est tombée.

– Tant mieux. Je vais l'examiner.

Dorinda était en train de défroisser sa jupe lorsque M. Langton et le docteur entrèrent.

– Je vous présente Mlle Hyde, dit M. Langton.

C'est elle qui a sucé la morsure pour en extraire le venin.

– C'est ce qu'il fallait faire, approuva le docteur.

L'homme était un vieux Chinois aux yeux fatigués, mais Dorinda sentait qu'il était tout à fait digne de confiance.

Il examina le bras de Kirby et les entailles faites par M. Langton.

– La blessure est nette, remarqua-t-il.

Il ausculta le malade, tâta son pouls et posa sa main sur son front.

– Il va dormir un bon moment. Il a lutté contre la morsure, mais il doit maintenant surmonter les effets de l'alcool qu'il a absorbé.

– C'est le traitement le plus courant, dit M. Langton.

– En Angleterre, répondit le docteur. Les Chinois utilisent l'herbe à serpent (la serpentaire).

– Est-ce efficace? demanda Dorinda qui se souvenait avoir entendu parler d'une plante que les Chinois et les Malais avaient toujours sur eux quand ils travaillaient dans la jungle.

– Nous le pensons, répondit le Dr Seng. Je vous en laisserai un peu, monsieur Langton. Vous la donnerez à M. Kirby dès qu'il se réveillera.

Il prit un sachet dans son sac et le déposa sur la tablette, près du lit.

– Il est fort et vigoureux, dit-il, cependant il devrait se reposer ici une nuit de plus. S'il manifestait l'intention de rentrer à Singapour cet après-midi, donnez-lui un peu de ce médicament. Après, il se rendormira.

Le docteur posa auprès du sachet de serpentaire une petite boîte contenant des pilules. Puis il se tourna vers Dorinda.

– Et vous, mademoiselle Hyde, comment vous sentez-vous?

– Seulement un peu fatiguée, docteur, mais je suis heureuse que M. Kirby soit hors de danger.

– C'est certainement votre réflexe qui l'a sauvé. En suçant la morsure, vous avez agi comme il le fallait en attendant un secours médical.

Le docteur reprit son sac.

– Vous retournez à Singapour?

– Oui, mes patients m'attendent.

– Puis-je vous demander de me ramener avec vous? Ma sœur et notre amie sont chez M. Kirby et elles doivent être inquiètes car elles nous attendaient hier soir.

– Je serai ravi de vous conduire auprès d'elles, mademoiselle Hyde.

M. Langton insista pour que Dorinda prenne une tasse de thé avant de partir. Puis ils montèrent dans une petite voiture tirée par un poney déjà vieux.

Dorinda s'abritait sous son ombrelle et bien que le voyage lui parût long, elle fut heureuse de s'entretenir avec le Dr Seng. Il lui parla de la région, des coutumes chinoises, de la façon dont M. Kirby avait amélioré leurs conditions de travail et apporté le bien-être dans la plupart des familles de Singapour.

Quand ils arrivèrent devant la maison, Dorinda remercia le docteur et l'invita à entrer.

– Je regrette, mademoiselle Hyde, mais mon emploi du temps ne me permet pas d'accepter. Mais j'avoue que ce voyage en votre compagnie était fort agréable.

Dorinda le remercia à son tour; impatiente de revoir sœur Teresa et Letty, elle pénétra dans la maison.

Sachant qu'elles avaient dû s'inquiéter de son absence prolongée, elle s'attendait à les trouver dans le grand salon. Mais elles n'y étaient pas. Alors, elle monta à l'étage et se dirigea vers la chambre de Letty.

– Où est lady Lettice? demanda-t-elle à un serviteur.

– Les dames sont parties, répondit celui-ci.

Elles doivent être à la Mission, pensa-t-elle, et elle entra dans sa chambre qui lui parut somptueuse auprès de celle de l'austère bungalow de M. Langton.

Elle posa son ombrelle, retira son chapeau qu'elle jeta négligemment sur une chaise et s'approcha de la fenêtre.

Elle ne se lassait pas de regarder le jardin dont les arbres étaient chargés de fleurs.

C'est alors qu'elle vit deux lettres sur sa coiffeuse. Tout d'abord, elle pensa qu'elles venaient d'Angleterre, mais elles ne portaient pas de timbres! Sur la première enveloppe, on lisait : « Dorinda » et sur l'autre : « Mademoiselle Hyde ». Elle commença par ouvrir celle qui portait son prénom écrit de la main de Letty.

Elle comportait quelques lignes qui la stupéfièrent :

Ma chère Dorinda,

Je m'en vais avec sœur Teresa. Je crois que mon bonheur, ce sera de travailler auprès d'elle et je ne veux plus épouser M. Kirby. Je te charge de le lui dire. J'espère que papa ne sera pas trop fâché. Je t'embrasse.

Letty.

Dorinda relut encore une fois et, d'une main tremblante, ouvrit l'autre enveloppe.

Chère Dorinda,

Letty m'a révélé votre véritable identité, mais vous pouvez compter sur ma discrétion. Vous, mieux que personne, êtes donc en mesure de comprendre qu'elle n'est pas capable de se marier et moins encore avec M. Kirby. Je l'emmène donc à Sarawak. Je veillerai sur elle et je suis certaine qu'elle sera très heureuse avec les enfants de la mission.

Je ne fais pas cela seulement pour elle, mais aussi pour l'homme qui a tant fait pour Singapour. J'ai une grande admiration et beaucoup de gratitude envers M. Kirby. Il ne doit pas anéantir sa carrière et sa vie privée en prenant pour femme celle qui ne deviendra jamais l'épouse qu'il attend. Je vous laisse le soin de lui expliquer pourquoi j'ai pris cette décision. Que Dieu vous bénisse.

Votre fidèle sœur Teresa.

Quand elle eut achevé cette lecture, Dorinda se laissa tomber dans un fauteuil comme si ses jambes ne pouvaient plus la porter.

Elle ne parvenait pas à comprendre tout à fait ce qui était arrivé. Elle éprouvait des sensations bizarres : on aurait dit que sa tête était pleine de coton, sa bouche desséchée et ses paupières lourdes comme du plomb. Que pouvait-elle faire? Ne parvenant pas à trouver de solution, elle se coucha.

Elle dormit tout l'après-midi et ne s'éveilla qu'au coucher du soleil. Les événements des heures passées lui revinrent brusquement en mémoire.

Le tigre, l'intervention de Maximus Kirby, la morsure du serpent, ses allées et venues incessantes dans le petit bungalow pour échapper à la mort. Enfin, l'amour qu'elle avait pour lui, dont elle venait d'avoir la révélation. Les deux lettres découvertes à son retour dansaient devant ses yeux.

Comment Letty et sœur Teresa avaient-elles pu partir en lui laissant le soin d'annoncer la nouvelle à M. Kirby? Peut-être n'aimait-il pas sa sœur? Elle avait la certitude que Letty n'avait pas su toucher son cœur. Pourtant, il l'avait choisie. Leurs fiançailles avaient été annoncées bien avant l'arrivée de Letty à Singapour et tous les amis qui étaient venus leur rendre visite à la maison les avaient félicités.

Maximus Kirby avait méticuleusement préparé son mariage. Ce mariage magnifique qui resterait dans toutes les mémoires! N'était-ce pas humiliant pour lui de voir sa future épouse l'abandonner une semaine avant la cérémonie parce qu'elle préférait la compagnie d'enfants dans une mission catholique éloignée?

Il aurait mieux valu, pensa Dorinda, que Letty parte avec un autre homme!

Préférer une île sauvage à la sécurité qu'offrait le nom de Kirby était difficile à concevoir.

Comment allait-elle lui annoncer cela?

Comme elle se sentait faible, elle envoya chercher un repas et goûta à tous les plats qu'on lui apporta.

Quand un serviteur eut retiré le plateau, elle resta allongée sur son lit dans l'obscurité et se remémora le contenu des deux lettres.

Elle ne comprenait pas comment son père avait pu envisager de marier Letty avec Maximus Kirby.

Certes, sa sœur avait un comportement plus normal à Alderburne Park que partout ailleurs. En quittant l'Angleterre, elle avait ressenti cruellement l'éloignement de la maison natale et de sa famille. La tempête dans le golfe de Gascogne et l'attaque du bateau par les pirates n'avaient pas arrangé les choses.

Maximus Kirby avait été extrêmement prévenant et compréhensif avec elle depuis son arrivée. Tout autre que lui aurait insisté pour la voir plus souvent en tête à tête et se serait employé à éloigner Dorinda et sœur Teresa.

Mais il n'avait manifesté aucune impatience et ne s'était jamais plaint. Il semblait comprendre la souffrance de Letty. Cependant, il aurait dû s'apercevoir que, malgré sa beauté, elle n'était pas comme les autres jeunes filles. Sa passion démesurée pour les oiseaux aurait dû le surprendre, de même que son incapacité à prendre part à une conversation avec les gens qu'il invitait à sa table. Certains de ces invités tenaient une place importante dans la vie de Maximus Kirby. Ils n'avaient pu manquer de lui faire comprendre à demi-mot que Letty était belle, mais que c'était là sa seule qualité.

Pourtant, Kirby persistait dans son projet de mariage. Il avait fait un marché avec le comte et avait payé dix mille livres le privilège de devenir son gendre. La fuite de Letty équivalait pour le comte à ne pas respecter le contrat. Seule sœur Teresa avait fait preuve d'honnêteté. Elle avait précisé qu'elle ne faisait pas cela seulement pour le bien de Letty, mais aussi pour celui de Maximus Kirby. Sœur Teresa l'aimait profondément, à sa façon. Aussi étrange que cela pût paraître, il éveillait en elle une sorte de sentiment maternel.

Elle pensait un peu à lui comme au fils qu'elle aurait pu avoir si elle n'avait pas consacré sa vie à l'Eglise et à sa mission.

Cependant, une question vint à l'esprit de Dorinda : si sœur Teresa avait eu un fils, aurait-elle aimé qu'il épouse quelqu'un comme Letty? Certainement non! Il fallait que Maximus soit heureux! Elle ne pouvait l'imaginer malheureux, blessé ou humilié. La fuite de sa future épouse allait faire de lui la risée de tout Singapour.

Elle soupira. Les Chinois le plaindraient, car pour eux une promesse de mariage était sacrée. Par contre, des gens comme le Dr Johnson et le commissaire de bord cancaneraient et chercheraient à savoir comment s'était produite la rupture.

Comment pouvait-elle l'aider? arranger les choses?

Une idée folle lui traversa l'esprit : si elle allait jusqu'au port, elle pourrait peut-être embarquer sur le *Dragon des Mers* et se lancer à la poursuite du bateau qui avait emmené les fugitives.

Même si elle devait aller jusqu'à Sarawak, elle obligerait Letty à rentrer avec elle à Singapour.

Mais elle changea vite d'avis car elle n'avait aucun moyen de les convaincre de rentrer et aucune raison d'obliger Letty à agir contre sa volonté. Elle aurait dû s'apercevoir que sa sœur se plaisait de plus en plus en compagnie de sœur Teresa et qu'elle était fascinée par sa personnalité. C'était sans issue! Mais comment annoncer cette nouvelle?

Elle se retourna dans son lit jusqu'à la tombée du jour puis finalement, épuisée, s'endormit.

Le lendemain, elle s'éveilla tôt et s'habilla, prête à descendre pour affronter Kirby. Il fallait qu'elle lui parle dès son arrivée, afin qu'il n'apprenne pas les faits par quelqu'un d'autre.

Elle pensa aussitôt à Lee Chang Lo et se dirigea vers le secrétariat. Dès qu'elle entra, il se leva et s'inclina respectueusement.

– Vous sentez-vous mieux, mademoiselle Hyde? J'ai été navré d'apprendre que M. Kirby avait failli perdre la vie.

Dorinda ne fut pas étonnée de constater que le serviteur savait tout. Le docteur avait dû parler et tout ce qui touchait Maximus Kirby se répandait aussitôt.

– Le Dr Seng a conseillé à M. Kirby de ne pas rentrer avant la fin de la matinée, répondit-elle. Dès qu'il arrivera, je veux être la première à lui parler.

Lee Chang Lo s'inclina de nouveau.

– Il sera fait selon votre volonté, mademoiselle Hyde.

– Je vous charge d'avertir les serviteurs.

– Ce sera fait, mademoiselle Hyde.

Elle savait que Lee Chang Lo la comprenait. Il n'était pas nécessaire de mentionner les noms de Letty ou de sœur Teresa.

– Je vais attendre M. Kirby dans la bibliothèque.

Maximus Kirby arriverait probablement avant le déjeuner mais elle décida de prendre son repas seule et retourna dans la pièce remplie de livres où elle pourrait se livrer à son plaisir favori : la lecture.

Mais elle était incapable de se concentrer. Elle s'approcha de la fenêtre et regarda le jardin. Il lui sembla que le soleil était pâle. Comment allait-elle dire à Maximus Kirby qu'elle était désolée de ce qui était arrivé? Quelle excuse allait-elle inventer pour qu'il ne sente pas trop qu'on avait trouvé en lui le parti idéal pour se débarrasser de Letty? Une seule chose la rassurait : il ne savait pas qui elle était. Il ne savait pas qu'elle était la sœur de Letty et qu'elle était complice de ce marché de dupes!

Le soleil était de plus en plus chaud et c'était l'heure de la sieste. Elle entendit des pas de chevaux dans la cour et le grincement de roues d'une voiture. Aussitôt les serviteurs se précipitèrent et la voix de Maximus Kirby retentit dans l'entrée.

– Oui, je vais très bien, merci! Ce n'était pas la peine de vous inquiéter, tout va bien.

L'un des serviteurs dut lui annoncer qu'elle l'attendait car elle l'entendit dire :

– Où est mademoiselle Hyde?

– Dans la bibliothèque, monsieur.

– J'y vais.

Dorinda eut l'impression que son cœur s'arrêtait de battre. Elle écoutait avec frayeur le bruit de ses pas se rapprocher et résonner déjà dans la pièce. Elle tourna vers lui un visage décomposé par la peur. Elle tremblait en pensant à ce qu'elle allait devoir dire.

8

Maximus s'approcha d'elle avec un franc sourire.

– Me voici de retour. Je dois tout d'abord vous remercier...

Elle leva la main pour l'interrompre. Surpris par son geste, il lui demanda :

– Que se passe-t-il? Qu'avez-vous?

Elle ne pouvait pas se décider à parler.

– J'ai... quelque chose... à vous annoncer.

– Qu'avez-vous à me dire?

– Letty... est partie avec... sœur Teresa!

– Partie!

– Sœur Teresa... a emmené Letty... à Sarawak. Letty est navrée... mais elle... ne veut pas vous... épouser. Elle a laissé un billet dans lequel elle me demande de vous prévenir.

Il y eut quelques instants de silence. Dorinda n'osait pas regarder Maximus Kirby. Elle était incapable de soutenir son regard.

Enfin, au terme de ce silence qui lui parut interminable, il s'exclama :

– Pourquoi ne m'avez-vous pas dit la vérité quand je vous l'ai demandée?

Il semblait prêt à laisser éclater sa colère sans retenue. Dorinda ne put en supporter davantage.

– Je suis navrée, dit-elle en se précipitant vers la porte.

Elle ne savait pas exactement où elle allait. Elle savait seulement qu'elle devait quitter cette maison. Elle n'avait pas le courage de répondre à toutes les questions que Maximus Kirby ne manquerait pas de lui poser.

Elle avait déjà oublié la conversation qu'ils

avaient eue sur le yacht et au cours de laquelle il lui avait demandé si Letty voulait vraiment l'épouser. Elle avait alors essayé de trouver des excuses à l'attitude de sa sœur. Maintenant Maximus Kirby la haïssait pour son manque d'honnêteté, pour n'avoir pas prévenu, comme elle aurait dû le faire, cette situation.

Si elle lui avait dit la vérité à ce moment-là, tout se serait peut-être arrangé. Cela aurait épargné à Maximus l'humiliation qu'il devait ressentir maintenant.

Pourquoi avait-elle été aussi... stupide... aussi malhonnête?

Elle alla dans sa chambre, prit son chapeau et son sac, redescendit, franchit le porche et se retrouva dans la rue. Comme d'habitude, une voiture attendait devant l'entrée principale de la maison. Le cocher l'avança et elle prit place à l'intérieur.

– A la Compagnie des Transports Maritimes, lança-t-elle.

Comme la voiture descendait la colline et parcourait les rues de la ville, elle prenait peu à peu conscience de sa détresse. Il fallait qu'elle rentre immédiatement en Angleterre. Il n'y avait pas d'autre solution. Après ce qui venait d'arriver, Maximus Kirby ne lui adresserait plus jamais la parole. Cependant, comme elle était jeune et célibataire, la meilleure chose qu'elle pouvait faire était de quitter Singapour le plus tôt possible.

En songeant à ce qui l'attendait, Dorinda eut soudain envie de pleurer et de supplier Maximus de lui permettre de rester. Mais elle était encore capable de fierté et elle devait se conduire avec noblesse, surtout après la fuite de sa sœur à la veille du mariage.

Elle allait donc rentrer en Angleterre et oublier cette courte semaine passée auprès de l'homme qu'elle aimait.

Oublier aussi qu'une fois dans sa vie elle avait pu

se mêler à d'autres et se sentir parfaitement à l'aise en leur compagnie.

Elle était à peu près sûre que son eczéma reviendrait dès son retour à Alderburne Park. L'évolution du mal serait peut-être lente, mais après plusieurs hivers froids et humides elle redeviendrait le fantôme de la maison qui se tenait à l'écart dès qu'un visiteur était annoncé.

La voiture s'arrêta devant l'agence de voyages. Dorinda entra et présenta son billet de retour à l'employé.

– Quand part le prochain bateau pour l'Angleterre?

– Le paquebot *Homeric* sera à quai après-demain, madame. Il lèvera l'ancre le jour suivant, dans la matinée.

– Pourriez-vous me réserver une cabine?

– Avec plaisir, madame.

L'employé établit une réservation à son nom, et pendant qu'elle attendait, un homme entra dans le bureau.

Il s'avança vers elle et s'exclama :

– Lady Dorinda! Vous êtes bien lady Dorinda, n'est-ce pas?

Surprise, elle se retourna et reconnut aussitôt le visage familier d'un jeune homme qu'elle avait souvent rencontré dans des parties de chasse.

– Je dois avouer que je ne m'attendais pas à vous voir, monsieur Wakely!

– Moi non plus! Je savais que votre sœur était à Singapour et qu'elle devait épouser M. Kirby, mais j'ignorais que vous l'accompagniez.

Tout en parlant, M. Wakely examinait son visage. Dorinda savait, bien qu'il fût trop bien élevé pour le dire, qu'il avait remarqué le nouvel aspect de sa peau et qu'il la trouvait différente.

– Vous avez si... bonne mine. Je... je ne vous avais jamais vue... ainsi! bégaya-t-il.

– Je suis venue pour réserver ma place de retour, dit-elle en levant un regard timide vers lui.

– Vous n'allez pas repartir si tôt pour l'Angleterre, vous venez seulement d'arriver!

– J'ai de bonnes raisons de rentrer.

Elle prit le formulaire que lui tendait l'employé et le remercia.

– Mais... il faut que nous puissions nous voir, lady Dorinda, insista Anthony Wakely. J'allais oublier... Vous nous feriez plaisir en venant au bal ce soir!

– Au bal?

– Ma sœur donne un bal. Vous ne le saviez pas? Pourtant, je sais qu'elle a envoyé une invitation à lady Lettice et à M. Kirby, il y a une dizaine de jours.

– Ma sœur est souffrante.

– Mais si elle ne peut venir, vous, vous le devez! dit Anthony avec fermeté. Acceptez aussi de dîner avec nous. Savez-vous que ma sœur a épousé Hugh Armstrong qui possède une immense plantation à Johore?

– Ah! non.

– Viendrez-vous ce soir? insista-t-il en la reconduisant à sa voiture.

Après quelques instants d'hésitation, elle accepta. Elle préférait se rendre à ce dîner plutôt que de rester toute la soirée en tête à tête avec Maximus Kirby et affronter sa colère. Il fallait encore passer une journée chez lui avant de quitter Singapour et cela lui semblait une épreuve redoutable.

– Je viendrai. Merci de me l'avoir proposé.

– Je vous prendrai chez vous à 19 h 30. Si lady Lattice et M. Kirby changeaient d'avis, ma sœur serait ravie de les accueillir, bien entendu. Mais quoi qu'il en soit, promettez-moi de venir.

– Je vous le promets, dit-elle en esquissant un sourire.

Il l'aida à monter et il regarda sa voiture s'éloigner. C'était un jeune homme fort agréable et un excellent cavalier. Elle avait souvent parlé avec lui au cours des chasses, simplement parce qu'il avait l'habitude, comme elle, de se tenir un peu à l'écart.

Elle irait donc à ce bal! C'était une occasion à ne pas manquer. Autrefois, Anthony ne l'aurait jamais invitée; pourtant il avait toujours été très courtois avec elle. Le fait qu'un homme puisse poser sur elle un regard admiratif la comblait de satisfaction.

Sitôt arrivée à la maison, elle monta dans sa chambre. Maximus Kirby semblait absent. Il devait être en ville pour ses affaires, mais de toute façon il ne souhaitait certainement pas la voir.

Elle prit le thé dans sa chambre et, après un bain, s'habilla en hâte afin d'être prête dès qu'Anthony Wakely arriverait. Elle se brossa les cheveux devant la glace et s'aperçut avec plaisir qu'ils étaient de plus en plus beaux. Ils ondulaient avec souplesse et elle pouvait se coiffer comme elle le voulait.

Elle décida de les ramener au sommet de sa tête. Cette coiffure mettait en valeur la ligne gracieuse de son cou. Elle admira longuement cette chevelure brillante et soyeuse avec laquelle elle avait eu tant de difficultés dans sa jeunesse.

Pour cette soirée au moins, pensa-t-elle, je serai Cendrillon. J'irai à ce bal et, si je ne suis pas aussi belle que Letty, je serai tout aussi séduisante : une jeune fille à la peau lisse que les hommes auront plaisir à inviter à danser.

Elle passa de sa chambre dans celle de Letty et ouvrit la porte de sa penderie. Sa sœur avait emporté très peu de robes et les plus simples. Elle en choisit une de crêpe vert et de tulle qu'elle aimait particulièrement.

Cette couleur lui rappela le petit dragon de jade que Maximus Kirby lui avait offert au début de son séjour.

Elle enfila la robe et se regarda dans la glace. Elle révélait les courbes parfaites de son corps et s'évasait au-dessous du genou en petits volants. Derrière, des plis de tulle retombaient en cascade, ceints d'un gros ruban de velours noué très bas.

La couleur verte accentuait la blancheur de sa peau et rendait son regard plus lumineux.

Comme elle était différente de la Dorinda qui avait quitté l'Angleterre quelques semaines plus tôt!

Elle se souvint d'un petit réticule de satin assorti à cette robe et ouvrit l'un des tiroirs de la commode. Elle demeura stupéfaite. Letty avait laissé tous les bijoux que Maximus Kirby lui avait offerts!

Ils étaient éparpillés dans le tiroir, les colliers et les bracelets enchevêtrés les uns dans les autres.

Parmi ces bijoux, elle reconnut la bague de fiançailles de Letty, ainsi que le collier et le bracelet de saphirs assortis. Mais surtout, elle remarqua une broche qu'elle connaissait bien. C'était un bijou en forme de croissant orné de diamants ayant appartenu à sa mère, qui le prêtait souvent à Letty quand celle-ci était invitée à une soirée.

La comtesse l'avait offert en cadeau de mariage à sa plus jeune fille.

– Ce serait ridicule de dépenser une somme que ton père n'a pas pour un cadeau de prix, avait-elle dit à Letty. J'ai donc décidé de t'offrir mon croissant de diamants.

– Merci, maman, avait-elle répondu distraitement.

Comment Letty avait-elle osé le laisser dans ce tiroir? Evidemment, les diamants n'étaient pas une parure indispensable pour parcourir les étendues sauvages de Sarawak. Mieux valait que Dorinda la rapporte elle-même à sa mère. Elle la prit et l'épingla à sa robe.

Qu'allait faire Maximus de tous ces bijoux? Allait-il les vendre ou bien les garder pour une autre qui deviendrait un jour sa femme?

Cette pensée réveilla dans le cœur de Dorinda

une douleur insupportable. Il n'y avait aucune raison pour qu'elle continue à souffrir ainsi puisque, après avoir quitté Singapour, elle n'entendrait certainement plus parler de lui et la nouvelle de son mariage n'atteindrait pas Alderburne Park.

Elle referma lentement le tiroir de la commode, prit le foulard et le réticule assortis à la robe et regagna sa chambre. Elle regarda l'heure. Il était presque 7 heures et demie.

Sur la pointe des pieds, elle s'avança vers l'escalier.

Apparemment, il n'y avait personne dans le grand salon, à l'exception des serviteurs. Tout était calme; Dorinda attendit.

Quelques instants plus tard, elle entendit une voiture. Elle descendit l'escalier à vive allure et arriva à la porte d'entrée au moment où le véhicule s'arrêtait devant le perron. Elle ne s'était pas trompée, c'était Anthony Wakely qui venait la chercher.

Elle monta dans la voiture avant qu'il n'ait eu le temps de descendre pour lui ouvrir la portière.

– Ainsi, vous venez! J'avais si peur que vous changiez d'avis!

– Je suis heureuse d'aller à ce bal, dit-elle.

– Ma sœur est impatiente de vous connaître. Je lui ai parlé de vous et lui ai dit comme vous aviez... changé.

Il hésita sur ce dernier mot, mais Dorinda n'était pas dupe, elle savait ce qu'il avait vraiment dit à sa sœur. Mais cela n'avait aucune importance. Ce soir, elle ne désirait qu'une chose : entendre des propos flatteurs. Il fallait qu'on lui dise qu'elle était jolie, que sa robe lui allait à merveille, pour oublier que, dans un proche avenir, l'hiver, le froid et le brouillard feraient de nouveau d'elle un être repoussant.

Elle n'écoutait pas vraiment ce que lui racontait Anthony quand un détail retint son attention : le bal devait avoir lieu dans la maison qui avait appartenu à sir Thomas Raffles.

– Oh! Comme je suis contente, je désirais tant visiter cette maison!

– Comment se peut-il que M. Kirby ne vous y ait pas emmenée? C'est pourtant l'une des curiosités de Singapour.

Dorinda ne répondit rien et il continua.

– Alors... lady Lattice est souffrante... Elle ne sera donc pas avec nous ce soir.

– Je crains que non.

– Quel dommage! J'ai dit à mon beau-frère et à tous ses amis combien elle était belle. Mais je suis persuadé qu'ils ne perdront pas au change!

Dorinda sourit.

– Vous me flattez!

– Point du tout! Je ne me souvenais pas que vous étiez aussi jolie. Je dis cela sans vouloir vous offenser.

– Je suis ravie de ce compliment, monsieur Wakely.

Le dîner, auquel un très grand nombre de convives prirent part, aurait été pour Dorinda un délicieux moment sans cette douleur sourde qui ne la quittait pas.

Pourtant, elle essayait d'oublier Maximus. Mais chaque détail de cette soirée semblait le lui rappeler.

L'arrivée de Dorinda dans la maison de ses hôtes avait été un succès. Anthony Wakely l'avait présentée à tous les invités et les jeunes officiers de marine, les planteurs, les représentants du gouvernement avaient fait assaut de compliments. Ils avaient formé un cercle autour d'elle. Chacun s'était efforcé d'attirer son attention. Elle ne se souvenait pas avoir jamais été l'objet d'une telle admiration.

Elle était parfaitement consciente de la jalousie qu'elle faisait naître, malgré elle, dans le cœur des autres femmes présentes, jeunes et moins jeunes.

Mais ce soir elle avait décidé de ne pas s'en soucier. C'était son chant du cygne. Après-demain elle serait repartie.

Le dîner fini, les convives se rendirent dans la salle de bal avant l'arrivée des autres invités, et Anthony Wakely revendiqua l'honneur de la première danse. Naturellement, son choix se porta sur Dorinda qui se laissa griser par le tourbillon de la valse. Elle se sentait légère, élégante et belle comme elle ne l'avait jamais été. Les hommes se pressaient pour se faire inscrire sur son carnet de bal.

– Savez-vous que vous êtes la plus jolie fille que j'aie jamais vue?

– Comment se fait-il que je ne vous connaisse pas?

– Puis-je vous voir demain?

– Je vous en supplie, accordez-moi une autre danse!

Elle répondait sans cesse aux mêmes questions, mais elle trouvait cela amusant, car c'était pour elle une expérience toute nouvelle.

Elle alla souper, bien qu'elle n'eût pas très faim. Elle n'avait pourtant presque rien pris au dîner, à cause de cette douleur qui la tenaillait.

Elle accepta une coupe de champagne et s'aperçut à la première gorgée que ce vin fou avait le pouvoir de dissiper son angoisse et de raviver son souci de plaire.

Il se faisait tard. Elle était encore entourée d'une bonne douzaine de cavaliers qui attendaient la danse suivante, quand soudain son regard se figea : c'était lui qui entrait! Maximus Kirby!

Il s'avançait d'un pas décidé et semblait dominer par sa stature impressionnante tous les autres invités. Il remarqua immédiatement Dorinda, et comme attiré par une force magnétique, il vint droit vers elle. Elle le regardait et les voix des invités qui l'entouraient parurent diminuer d'intensité. Puis elle n'entendit plus rien. Ce fut comme si elle était seule dans cette immense pièce, face à face avec lui. Anthony Wakely le vit s'approcher d'elle.

– Monsieur Kirby! Je suis si content que vous soyez venu! Nous avons eu beaucoup de plaisir à être en compagnie de lady Dorinda, mais vous nous avez manqué, ainsi que lady Lettice.

Dorinda fut pétrifiée. Elle ne put manquer de remarquer sa réaction. Il ne répondit pas à Anthony Wakely et ne le regarda même pas. Ses yeux ne quittaient pas le visage de la jeune fille.

L'orchestre joua les premières mesures d'une danse. Maximus Kirby prit Dorinda par la taille et l'entraîna sur la piste de danse.

– C'est notre danse! dit-il au cavalier qui s'approchait d'elle pour prendre son tour.

Un bras musclé enserra sa taille et une main puissante étreignit la sienne. Cependant, elle n'osait pas le regarder et même au prix de sa vie, elle n'aurait pas pu prononcer un mot.

Les couples étaient nombreux sur la piste, mais Maximus Kirby évoluait avec adresse.

Peu à peu, il entraîna Dorinda à l'autre extrémité de la pièce, près des portes-fenêtres qui ouvraient sur la véranda. Il s'arrêta brusquement et, la prenant par la main, il l'entraîna vivement vers le jardin. Elle aurait voulu lui résister. Elle voulait lui dire qu'elle ne pouvait pas le suivre, mais elle n'en eut pas le temps.

Ils traversèrent ainsi la pelouse et disparurent derrière d'épais buissons. Ils s'arrêtèrent à la lumière d'une lanterne dissimulée dans les branches d'un arbre voisin.

– Lady Dorinda! dit-il en insistant sur le titre. Une fois de plus vous m'avez menti!

– Je suis... venue... comme dame de compagnie de Letty. Nous avions pensé... qu'il aurait été... gênant... que l'on sache que j'étais sa sœur!

– Gênant?

Le mot sembla jaillir des lèvres de Maximus Kirby.

– Ainsi, vous avez pris part au complot! Vous étiez complice de vos parents pour me faire épouser cette petite sotte!

– Ce n'est pas ainsi... que les choses se sont passées.

– Je ne sais que trop comment elles se sont passées! Je sais que votre père voulait un gendre fortuné et je suis tombé dans le piège!

Dorinda tremblait.

– Il n'avait pas l'intention de vous... abuser.

– Vous mentez! Vous mentez comme vos parents et votre sœur qui m'ont pris pour un imbécile!

– Je suis désolée... dit-elle à court d'arguments. Vraiment désolée.

– Croyez-vous que ce soit suffisant? Vous m'avez ridiculisé aux yeux de tous mes amis et de mes employés.

Il était furieux. Dorinda essaya une dernière fois de se défendre en criant :

– Comment... puis-je vous expliquer... vous faire comprendre...

Il la regardait avec insistance. A la lumière de la lanterne son visage avait quelque chose de cruel.

– Je vais vous dire ce que vous allez faire. Une fille d'un comte en vaut une autre. Vous allez m'épouser! Vous êtes venue à Singapour pour assister à mon mariage, ainsi vous ne serez pas déçue! Vous prendrez la place de la mariée!

Dorinda le regardait fixement. Elle ne semblait pas comprendre ce qu'il disait. Il l'attira à lui avec une telle brutalité qu'elle poussa un cri. Puis il l'embrassa sur les lèvres si longuement qu'elle faillit en perdre le souffle.

Peu à peu, son étreinte se fit moins rude et son baiser se changea en une caresse qu'elle semblait réclamer avec humilité.

Pourtant, elle avait envie de le repousser, de

défendre sa liberté, de lui montrer qu'il n'avait pas le droit de disposer d'elle ainsi.

Mais tout à coup elle se sentit étrangement faible. Une douce chaleur l'envahissait. Elle eut envie de s'y abandonner sans la moindre résistance.

Les lèvres de Maximus se firent de plus en plus douces et elle découvrit une sensation qu'elle n'avait encore jamais éprouvée. C'était quelque chose de magique et de grisant. Son cœur battait à tout rompre et semblait prêt à s'évader de sa poitrine.

Au moment où elle crut qu'il allait détacher ses lèvres des siennes, son baiser devint au contraire plus passionné et ce fut comme si un éclair la traversait.

Cela se mua ensuite en une sorte de douleur merveilleuse qui la fit frissonner. Elle ne savait pas qu'il était possible d'éprouver pareille sensation. Elle essaya d'en prolonger les délices. Mais à ce moment-là, Maximus Kirby la libéra.

Il semblait vouloir dire quelque chose. Peut-être lui faire une remarque désagréable!

Dorinda savait qu'elle ne pourrait pas supporter de nouveau sa colère, sa suffisance. Elle serait capable d'éprouver une déception après ces instants qui venaient de lui faire entrevoir un monde de douceur.

Elle rassembla ses forces et, relevant légèrement sa robe, s'enfuit en courant si vite qu'elle avait disparu avant qu'il ait eu le temps de s'en rendre compte.

Guidée par une sorte d'instinct, Dorinda évita la salle de bal et longea la maison vers la sortie.

Elle s'arrêta, essoufflée, devant le perron, et chercha un moyen de quitter cet endroit.

– Une voiture, madame? lui demanda un serviteur.

– Oui... s'il vous plaît.

Le cocher s'approcha et elle y monta sans perdre une minute.

– Où dois-je vous conduire, madame?

– Au port.

Il fouetta le cheval fatigué et Dorinda regarda par la lunette arrière. Elle ne vit pas Maximus Kirby parmi les nombreux invités qui quittaient la maison à ce moment-là.

Elle porta les mains à son visage. Maintenant, elle ne pourrait jamais le revoir, elle en était sûre. Il la détestait, la méprisait, mais elle l'aimait au point de n'avoir plus le courage de lui cacher son amour.

Certes, quand il lui avait dit qu'il allait l'épouser, il était furieux. Mais s'il renouvelait cette offre demain, elle ne pourrait que refuser. Ce serait un calvaire de savoir qu'il ne l'épousait que pour sauvegarder son honneur et satisfaire son orgueil. En vérité, il la détestait car elle avait voulu elle aussi le tromper en se faisant complice du projet de son père.

Maximus Kirby n'avait connu jusqu'à présent que des succès dans tout ce qu'il avait entrepris, sauf dans son projet de mariage. Pardonnerait-il jamais à une femme qui avait, sans le savoir, provoqué son unique échec?

Elle l'aimait trop. Il éveillait en elle des sensations qu'elle ne pouvait maîtriser. Une seule solution se présentait pour Dorinda : fuir au delà des océans et ne jamais le revoir. « Je ne le reverrai pas... Je ne peux pas! »

La voiture s'immobilisa. Elle regarda les bateaux dans l'obscurité, faiblement éclairés par des lanternes rouges et vertes dont la lumière se reflétait sur les eaux du port. L'agence de voyages était certainement ouverte puisque plusieurs bateaux devaient lever l'ancre à l'aube. Elle demanda au cocher de l'attendre et approcha de la vitrine où était affichée la liste des prochains départs. Elle était trop pressée pour la lire et demanda à un employé chinois à quelle heure était le prochain bateau.

– Dans dix minutes, répondit l'homme. C'est un cargo, mais il prend quelques passagers.

– Où va-t-il?

– A Djakarta.

Elle ne se souvenait plus où se trouvait exactement Djakarta, mais cela n'avait pas d'importance.

– Je veux une cabine en première classe.

– Il n'y a qu'une cabine à bord, répondit l'employé.

Il établit un billet sans remarquer la façon dont sa cliente était vêtue. Il semblait trouver normal que les dames en robe de soirée voyagent à bord d'un cargo!

Dorinda ouvrit son réticule et s'aperçut avec stupéfaction qu'elle n'avait pas d'argent sur elle.

Elle fut saisie de terreur à l'idée de ne pas pouvoir quitter Singapour.

Mais tout à coup, elle se souvint du croissant de diamants qu'elle portait sur sa robe. Elle le retira et le posa sur le comptoir sous les yeux de l'employé.

– Ceci a beaucoup de valeur, dit-elle. Il me faut de l'argent pour mon voyage, combien me donnez-vous pour ce bijou?

Son visage d'Asiatique demeura imperturbable. Il prit la broche, la regarda longuement à la lueur de la lampe puis frappa deux fois contre la cloison derrière lui.

Au bout de quelques instants, un vieux Chinois à barbe blanche sortit du bureau voisin.

Les deux hommes échangèrent une dizaine de mots. Le vieil homme se pencha sur le bijou, l'examina avec une loupe et retourna dans son bureau.

Dorinda comprit que ce n'était pas la première fois qu'on leur proposait cette sorte de marché. Le troc était une chose que les Chinois pratiquaient couramment. Les objets devaient toujours trouver leur équivalent en argent.

Le vieil homme revint un moment plus tard et dit un mot à l'oreille de l'employé qui traduisit aussitôt pour Dorinda.

– Cette broche vaut cent cinquante livres. Nous vous en donnons quatre-vingts.

– J'accepte, dit-elle.

Elle se dit qu'elle aurait dû discuter cette offre, mais rien ne devait entraver son désir de quitter Singapour et le bateau allait partir.

L'employé déduisit le prix du billet de la somme. Elle prit l'argent, paya le cocher, mit le reste dans son réticule et courut sur le quai. Il faisait encore nuit mais, comme elle arrivait au bateau, les premières lueurs de l'aube apparurent à l'horizon.

C'était un petit bateau misérable qui ne comportait que deux ponts. Le pont inférieur était occupé par les Chinois et les Malais, serrés les uns contre les autres parmi les caisses, les ballots et les cages à volailles. Une passerelle très raide conduisait au pont supérieur. Dorinda releva légèrement sa robe afin de ne pas marcher dessus.

Un marin chinois lui indiqua sa cabine qui était proche de la cheminée. La chaleur y serait certainement insupportable. Mais cela ne l'inquiétait pas!

Elle pouvait enfin quitter ce pays; sa cabine était seulement meublée d'une couchette en bois, d'une table et d'une chaise, mais peu lui importait.

Le marin referma la porte derrière elle, et elle fit quelques pas sur le parquet pour s'approcher du hublot.

Le soleil se levait sur le port et la mer était calme. Dans peu de temps, il ferait jour et très chaud.

A travers le hublot, Singapour apparaissait comme l'image souillée de ses rêves les plus chers.

Elle n'appartenait plus à cette ville et pourtant elle y laissait son cœur meurtri.

Elle eut envie de pleurer. Elle se souvint de ce qu'elle avait ressenti quand Maximus Kirby l'avait embrassée. Le souvenir de ce baiser pénétrait son cœur comme une épée brûlante.

« Je vous aime! murmura-t-elle en regardant le port. Je vous aime! mais je ne pouvais supporter votre haine. »

Elle entendit la cloche du pont et un panache de fumée sortit de la cheminée. Les moteurs commençaient à tourner; leurs vibrations se sentaient jusque dans la cabine.

Elle partait. Les larmes emplissaient ses yeux, elle ne voyait plus rien.

– Adieu, mon amour! dit-elle dans un sanglot en dissimulant son visage dans ses mains.

Soudain, il y eut un choc si violent et si inattendu qu'elle sursauta et se retourna.

Dans l'encadrement de la porte ouverte, elle vit apparaître avec stupéfaction la silhouette de Maximus Kirby! Sans un mot il la prit par la main, l'entraîna dans la coursive et ils arrivèrent sur le pont.

Déjà le bateau s'éloignait du quai, la passerelle d'accès du pont supérieur avait été retirée. Avant que Dorinda ait eu le temps de s'en rendre compte, Maximus Kirby la prit dans ses bras et sauta avec elle.

Puis, dans un élan extraordinaire, ils atterrirent sur le quai.

Dorinda ressentit une telle secousse qu'elle en eut le souffle coupé. Tout cela s'était produit si vite qu'elle en était étourdie.

Elle entendit alors l'équipage du bateau applaudir à cet exploit. Maximus Kirby, lui, souriait en emportant Dorinda dans ses bras.

Ils arrivèrent ainsi devant l'agence de voyages où sa voiture attendait.

C'était une voiture légère, tirée par deux pur-sang. Dorinda comprenait maintenant comment il était parvenu à la rattraper. Mais pourquoi avait-il agi ainsi?

Maximus l'installa sur le siège et, toujours sans un mot, sortit son mouchoir et essuya les yeux de Dorinda encore pleins de larmes. Il le fit avec tant de douceur qu'elle se remit à pleurer en dissimulant son visage dans ses mains.

Elle avait envie de demander pourquoi il ne l'avait pas laissée partir, mais l'émotion l'empêchait de parler.

Ils roulaient seulement depuis quelques minutes, lorsque la voiture s'immobilisa. Ils étaient tout près du port. Au delà de la jetée, Dorinda aperçut deux yachts.

Elle reconnut l'un d'eux : c'était le *Dragon des Mers* sur lequel ils avaient voyagé la semaine précédente. La peinture blanche de sa coque brillait sous le soleil. Il était superbe. Mais près du *Dragon* se trouvait un autre bateau, plus extraordinaire encore. C'était une grande jonque chinoise, peinte en rouge et or, dont la figure de proue sculptée représentait une sirène.

Comme elle fixait son regard sur les bateaux, Maximus Kirby mit pied à terre.

Il vint de son côté et ouvrit la portière.

– Voulez-vous que je vous porte ou préférez-vous marcher?

Elle le regarda, presque étonnée de l'entendre parler. Mais quand elle rencontra ses yeux gris, son cœur se mit à battre la chamade. Quelque chose passait entre eux. Quelque chose d'incompréhensible que les mots ne pouvaient exprimer!

Il la déposa à terre et ils marchèrent jusqu'à *La Nymphe des Mers*. Là, il l'aida à monter à bord.

Un officier en uniforme de second les salua.

– Bienvenue à bord, monsieur.

– Appareillez, monsieur Chang, commanda Maximus. Demandez au capitaine Barnet de venir immédiatement au salon.

– Bien, monsieur.

Maximus conduisit Dorinda dans un grand salon qui occupait presque toute la longueur du bateau. D'immenses canapés et des fauteuils confortables meublaient la pièce dont un côté était tapissé de livres précieux.

Dorinda tourna un visage tout pâle et des yeux interrogateurs vers Maximus.

Quelques instants, ils se regardèrent. Puis, d'une voix tremblante, elle demanda :

– Pourquoi m'avez-vous fait venir ici?

Maximus Kirby allait parler, lorsque la porte du salon s'ouvrit : le capitaine Barnet entra.

C'était un homme d'environ cinquante ans, aux cheveux gris et au teint hâlé.

– Je suis vraiment heureux de vous voir, Kirby, dit-il en s'avançant.

Maximus lui serra la main et, se tournant vers Dorinda :

– Je voudrais vous présenter le capitaine Barnet, le prestigieux commandant de *La Nymphe des Mers* et de tous les bateaux de ma flotte.

– Flotte qui s'agrandit tous les jours! ajouta le capitaine avec un sourire.

Il s'inclina poliment devant Dorinda.

– C'est un grand plaisir pour moi de vous recevoir à bord, madame.

– Bien, maintenant, capitaine, lady Dorinda et moi-même voudrions que vous nous mariiez!

Dorinda lança à Maximus un regard stupéfait.

Il y eut un silence de quelques instants puis, comme si cette requête n'avait rien d'extraordinaire, le capitaine dit sans se troubler :

– Mais volontiers, monsieur. Je crois que nous avons un livre de prières dans la bibliothèque.

Dorinda regardait Maximus en se demandant si elle n'était pas victime d'une plaisanterie. Mais le regard gris de Maximus n'avait rien d'ironique. Il semblait vouloir lui dire quelque chose qu'elle ne comprenait pas.

Elle avait envie de protester, de discuter la décision autoritaire de Maximus, mais elle ne pouvait le faire en présence du capitaine.

D'ailleurs Maximus avait été suffisamment humilié par la conduite de Letty. Son autorité ne pouvait être remise en question devant un homme qu'il employait. Il fallait pourtant le supplier de ne pas aller plus loin dans son idée de vengeance. Il avait été trompé par le comte et il ne voulait pas s'avouer vaincu!

– Voici le livre de prières, monsieur. Nous allons pouvoir procéder à la cérémonie, dit le capitaine en retirant sa casquette.

Non, non, vous n'allez pas faire ça! Vous ne pouvez pas, je vous en supplie! eut envie de crier Dorinda.

Mais Maximus lui tendit la main et les mots s'évanouirent sur ses lèvres. Elle se sentait lasse, découragée, incapable de s'opposer à sa volonté. Alors, elle mit sa main dans la sienne.

Elle sentit aussitôt l'étreinte de ses doigts puissants. Elle tremblait et il s'en apercevait certainement.

– Nous sommes prêts, capitaine, dit-il d'une voix ferme.

Comme le capitaine commençait à lire le texte, elle sentait sa volonté l'abandonner et se soumettait malgré elle à celui dont elle allait devenir la femme. Maximus fit toutes les réponses d'une voix bien timbrée, tandis que Dorinda s'en acquittait timidement.

Quand ils eurent prononcé le *oui* sacramentel, Maximus retira sa chevalière et la passa au doigt de son épouse.

Alors, elle entendit sa voix comme dans un rêve :

– Par cet anneau, tu deviens mon épouse. De tout mon être je fais le serment de t'aimer. De tous mes biens terrestres je te fais don.

Ce ne pouvait être vrai! Elle était trompée par son imagination! Elle n'entendait pas vraiment les mots qui l'unissaient pour la vie à l'homme qu'elle aimait!

Alors le capitaine dit d'une voix solennelle :

– Par les pouvoirs dont je suis investi en qualité de commandant de ce bateau, pouvoirs que j'ai reçus de Sa Majesté la Reine Victoria, Reine d'Angleterre, Impératrice des Indes, je vous déclare mari et femme. Que Dieu Tout-Puissant bénisse votre union!

Il referma le livre. Maximus ne lâcha pas la main de Dorinda. Mais il la porta à ses lèvres. Elle sentit son haleine chaude sur sa peau et elle eut envie de pleurer.

– Félicitations, monsieur, dit le capitaine Barnet, à vous aussi lady Dorinda. J'espère que votre vie d'époux sera longue et heureuse.

Il reprit la casquette qu'il avait posée sur la console, il la mit sur sa tête, fit un salut réglementaire et se retira.

Dorinda dégagea sa main. L'anneau était trop grand et elle eut du mal à le garder au doigt.

Elle regarda Maximus de ses grands yeux noirs.

– Sommes-nous... vraiment... mariés?

– Nous sommes mariés selon la loi de notre royaume, l'Angleterre. Vous êtes ma femme, Dorinda!

Elle baissa les yeux, elle ne parvenait pas à soutenir son regard.

– Vous avez... fait... une erreur, dit-elle d'une petite voix.

Comme s'il n'avait pas entendu, il tira sa montre de la poche de son gilet et regarda l'heure.

– Il est un peu plus de 4 heures du matin. Vous

devez être fatiguée, il faut aller dormir. Nous aurons tout le temps de parler dans la journée.

Il traversa la cabine et ouvrit la porte. Dorinda le suivit sans réfléchir. La partie avant de la jonque avait été divisée en deux pièces : le salon et une chambre, très grande, avec le plus étrange lit qu'elle ait jamais vu.

La tête et le pied étaient entièrement sculptés. Les motifs représentaient des dragons et des fleurs sur fond vert jade. D'ailleurs, tout était vert dans cette cabine : le couvre-lit, le tapis, les murs et les rideaux de soie qui fermaient les hublots.

Il s'en dégageait une impression de fraîcheur extraordinaire. Il semblait que l'on était sous l'eau.

Elle regardait autour d'elle, émerveillée.

– Allez dormir, Dorinda. Tout vous semblera plus simple à votre réveil, lui dit-il.

Il sortit et referma la porte derrière lui. Dorinda resta debout un moment dans le silence de ce repaire de sirène, puis elle enleva sa robe.

Dans un coin de la pièce, il y avait un placard. Elle l'ouvrit pour l'y suspendre et demeura stupéfaite!

Il était rempli de toilettes qu'elle reconnut immédiatement.

C'étaient celles qui se trouvaient dans la chambre de Letty quelques heures auparavant, des robes qu'elle avait elle-même essayées à Londres parce que Letty nc voulait pas aller chez son couturier. Soudain elle comprit.

C'était un nouvel exemple de la prodigieuse organisation de Maximus Kirby. Comme Lee Chang Lo l'avait dit à Dorinda, tous ses vêtements existaient en autant d'exemplaires qu'il possédait de bateaux. Il avait donc fait copier également ceux de Letty par des tailleurs chinois!

Elle suspendit sa robe, referma la porte du placard et ouvrit le coffre pour prendre une chemise de nuit. Même chose : celles de Letty avaient été copiées.

Elle en choisit une en fine mousseline, l'enfila et se mit au lit. Elle regardait la porte d'entrée avec une certaine appréhension. Maximus allait-il venir lui rendre visite et faire valoir... ses droits d'époux?

Cette pensée la préoccupait. Elle aurait voulu auparavant lui expliquer un certain nombre de choses... Mais le lit était confortable, les oreillers moelleux et elle ne tarda pas à s'endormir.

Ce fut le clapotis de l'eau qui l'éveilla. Elle ne savait pas où elle était. Elle écouta encore un moment tous ces bruits qui ne lui étaient pas familiers puis, prise d'une terreur soudaine, elle se leva brusquement.

Elle était mariée, et se trouvait à bord de *La Nymphe des Mers.* Ce n'était donc pas un rêve!

La cabine était dans une semi-obscurité. La porte en était ouverte et elle apercevait le salon voisin. Maximus Kirby était étendu sur un canapé et dormait profondément!

Elle le regarda un moment, puis elle s'étendit de nouveau sur son lit et s'endormit. Elle se réveilla avec la sensation de ne pas être seule. Elle ouvrit grand les yeux : Maximus était debout auprès de son lit.

– Je vous apporte une tasse de thé, dit-il de sa belle voix grave.

Elle le considéra un moment, avec le regard étonné de quelqu'un qui sort à peine du sommeil. Elle l'avait vu en songe et éprouvait une grande joie en constatant qu'il était réellement là. Alors elle se rappela les événements de la veille!

Il s'assit auprès d'elle et elle prit la tasse qu'il lui tendait.

Le thé était brûlant et dégageait un parfum agréable. Maximus la regardait. Ses cheveux ondulaient sur ses épaules et ses joues étaient légèrement colorées. Jamais il n'avait vu femme moins préoccupée de son apparence.

Il apporta une écharpe de soie et une robe de chambre bleue qui descendait jusqu'aux pieds. Elle remarqua que ses cheveux étaient mouillés.

– Je viens de nager un peu, dit-il, comme s'il pressentait la question.

– C'est une bonne idée... Mais n'est-ce pas dangereux?

Maximus sourit.

– L'équipage avait l'œil, à cause des requins. Mais je suis sûr que si j'avais été en danger vous auriez trouvé le moyen de me sauver!

Elle esquissa un sourire timide. Il prit la tasse vide et la posa sur la table de chevet.

– Je crois que nous avons beaucoup de choses à nous dire, Dorinda. Mais auparavant, je voudrais savoir pourquoi vous m'avez dit que notre mariage était une erreur.

Elle se cala dans ses oreillers et soupira profondément.

Il y avait de nombreuses raisons à cela, cependant, elle choisit la première qui lui vint à l'esprit.

– Je ne suis pas assez... jolie!

– C'est un argument de femme, dit-il amusé.

Il lui prit le menton et releva son visage.

– Peut-être aurais-je dû commencer par vous dire que vous êtes la plus jolie femme que j'aie jamais rencontrée!

Elle se raidit, croyant qu'il se moquait d'elle.

– C'est vrai! Vous êtes comme la peinture chinoise. C'est ce qui se cache derrière votre regard inquiet, votre ravissant petit nez, et vos lèvres bien ourlées, qui me captivent.

Dorinda frémit. Il paraissait soudain profondément sincère.

– Vous me dites... la vérité?

– Croyez-vous que je sois capable de mentir

quand il s'agit d'une chose aussi importante et qui nous concerne tous les deux? Croyez-vous que la cérémonie d'hier était une parodie de mariage et que mon *oui* n'était pas vrai? Ne vous ai-je pas épousée en l'absence de tous mes amis et de mes relations, sans décorum, sans chevaux blancs, sans fontaines et sans feux d'artifice? (Il s'interrompit un instant puis reprit :) Pourquoi croyez-vous que j'aie renoncé à tout cela?

Elle répondit d'une voix hésitante :

– Je suppose que... c'est parce que... vous n'étiez pas fier de moi, comme vous l'auriez été de... Letty.

Maximus s'avança vers elle comme s'il voulait la prendre dans ses bras, mais il se reprit et posa simplement sa main sur la sienne.

– La raison est beaucoup plus simple : ni vous ni moi n'avions besoin de tant d'ostentation. Croyez-vous que je sois prêt à montrer ce que j'ai de plus précieux à des gens qui ne comprendraient pas?

Ses doigts se refermèrent sur sa main et il ajouta :

– Vous avez été la première femme et la seule Européenne à pénétrer dans les pièces secrètes de ma maison. La seule à voir mes tableaux. J'en ai d'autres et je veux ne les montrer qu'à vous.

Dorinda sentit comme un courant qui émanait de la main de Maximus, une vibration étrange... exceptionnelle.

Alors, d'une voix timide, elle demanda :

– Voulez-vous dire que... je tiens une... grande place dans votre vie?

– Je vous aime depuis le jour de notre première rencontre. Je l'ai compris le soir où nous avons parlé longuement après que j'ai embrassé l'épouse infidèle de ce planteur... Vous souvenez-vous... Vous m'avez dit alors que je distribuais les baisers généreusement!

Il sourit et continua :

– J'ai compris tout de suite que vous étiez différente des autres femmes que j'ai connues. Ensuite, vous vous êtes révélée très courageuse pendant l'attaque des pirates et quand nous avons parlé alors que le bateau longeait la côte, j'ai compris que quelque chose de nouveau m'était arrivé.

Il y eut un long silence, puis il continua :

– C'est difficile à dire, mon amour, mais je n'ai jamais eu une véritable conversation avec une femme. Jusqu'à présent, les femmes étaient pour moi des oiseaux de paradis, je les désirais, elles m'amusaient mais elles ne m'étaient pas... indispensables!

Dorinda ne put s'empêcher de penser à Perle et à Goldie qui appartenaient sans doute à la race des oiseaux de paradis dont il parlait.

– Avant de vous connaître, je n'avais jamais rencontré de femme avec qui je puisse parler de mes affaires, qui soit capable de partager mon cœur et ma vie de tous les jours.

– A quoi avez-vous compris que j'étais différente des autres femmes?

– Une sorte de... pressentiment qui ne me trompe jamais m'a dit ce soir-là que vous deviez rester à Singapour... avec moi!

Il poussa un long soupir et continua :

– Après cela, je vous ai montré mes tableaux. C'est alors que j'ai rompu avec une règle absolue : ne jamais faire entrer une femme dans cette partie de la maison.

– Qu'avez-vous éprouvé alors?

– J'ai eu peur!

– Peur?

– Oui! J'ai compris qu'il venait de m'arriver quelque chose de nouveau.

– Quoi donc?

– J'étais amoureux. J'aimais d'un amour sincère et fort... un amour que rien ne pouvait détruire.

– Cela peut-il... exister?

– C'est ce que je me suis demandé ce jour-là. Je ne parvenais pas à y croire. Je ne pouvais pas comprendre que mon amour était provoqué par un attachement spirituel, une sorte d'appel de l'esprit et non des sens.

– Pourtant nous n'avons pas eu d'autre conversation en tête-à-tête.

– Je vous l'ai dit, j'avais peur... peur de l'avenir, je n'étais pas sûr de moi, peut-être pour la première fois de ma vie, incapable de trouver une solution au problème qui se présentait à moi : vous ou Letty.

– Je ne savais même pas alors... que vous pensiez à moi.

Il prit sa main et la regarda.

– Une si petite main... Pourtant, quand je vous écoutais à table parler si brillamment avec mes amis, je savais que vous déteniez la clé de mon bonheur.

– Pourquoi ne me l'avez-vous pas dit alors?

– Cela n'aurait pas apporté de solution! Je passais des nuits entières à me demander comment je pourrais expliquer à Letty que je ne pouvais pas l'épouser. Je me débattais pour échapper au piège que j'avais moi-même tendu, cherchant une solution pour en sortir honorablement.

– Je comprends... quels étaient vos sentiments.

– Et puis... vous m'avez sauvé la vie le jour où ce cobra m'a mordu. Hier encore, en rentrant à Singapour, je songeais que vous deviez m'aimer un peu pour avoir fait cela.

– Un peu!... murmura-t-elle dans un sanglot en se souvenant combien elle avait souffert en pensant qu'il pouvait en mourir.

– Quand je suis rentré, vous m'avez annoncé que Letty était partie avec sœur Teresa.

– Mais vous étiez en colère... contre moi!

– Parce que vous m'aviez menti. J'avais cru que vous étiez honnête et sincère. J'étais à cent lieues de me douter que vous ayez pu prendre part à cette machination destinée à me jeter dans les bras d'une enfant!

Dorinda baissa les yeux. Elle avait honte en pensant aux dix mille livres que son père avait reçues en échange de Letty.

– Mais soudain je me suis senti heureux parce que j'étais libre! Enfin j'allais pouvoir vous demander de m'épouser. Pourtant, par une sorte de discrétion, je me suis éloigné de vous hier soir. Mais je n'aurais jamais cru que vous iriez à ce bal avec un autre homme!

Les doigts de Maximus se serrèrent sur sa main.

– Quand j'ai su un peu plus tard dans la soirée que vous n'étiez pas dans votre chambre, mais à une réception, j'ai été pris d'un sentiment étrange et nouveau : la jalousie!

Il sourit et continua :

– Jusque-là, je me moquais des hommes jaloux de leurs femmes. Je sais pourquoi maintenant : je n'avais jamais aimé vraiment.

Ces mots firent frissonner Dorinda qui se souvint combien elle avait été jalouse à son propos.

– Quand je vous ai vue dans cette salle de bal, au milieu de tous ces hommes, j'ai senti que j'allais entrer dans une violente colère! Vous étiez superbe, mais j'avais envie de vous battre! J'aurais voulu vous traîner jusqu'à ma caverne et vous frapper jusqu'à ce que vous vous soumettiez.

Il rit et ajouta :

– Vous avez eu de la chance, mon amour. J'aurais pu vous punir plus sévèrement que par un baiser! Cependant, en vous embrassant, j'ai compris deux choses.

– Qu'avez-vous compris?

– Tout d'abord que jamais personne ne vous avait embrassée, et ensuite, que vous m'aimiez!

Dorinda rougit et baissa les yeux. Maximus lui prit le menton et releva son visage.

– Me suis-je trompé? Est-ce vrai que vous m'aimez?

– Je vous... aime! murmura-t-elle en tremblant.

Elle crut qu'il allait l'embrasser, alors elle s'empressa d'ajouter :

– Je dois vous... dire... quelque chose.

– Prenez votre temps, dit-il avec douceur.

– Je... ne sais pas comment vous le dire.

– Voulez-vous que nous nous installions confortablement?

Il s'étendit sur le lit auprès d'elle et posa sa tête sur l'oreiller. Il la prit par le cou et sentit qu'elle tremblait de la tête aux pieds.

– Ainsi ce sera plus facile, ma chérie. Dites-moi ce que vous avez à me dire.

– Quand vous êtes venu à Alderburne Park pour la première fois, commença-t-elle d'une voix timide, vous ne m'avez pas vue parce que je me cachais. Je disparaissais dès que des invités arrivaient pour ne pas que ma laideur les effraie.

– Expliquez-vous, je ne comprends pas.

– J'avais une maladie de peau, et tous les docteurs d'Angleterre n'ont rien pu pour moi. J'étais... défigurée et personne n'osait me regarder en face.

Il y avait dans sa voix une note triste qui disait combien elle avait souffert de cette anomalie.

– Si j'ai décidé d'accompagner Letty jusqu'ici, c'est parce que nous savions, papa et moi, que même si nous parvenions à la persuader de s'embarquer seule elle aurait refusé de vous épouser à son arrivée!

– Continuez! lui dit Maximus.

– Quand nous avons atteint la mer Rouge, il s'est produit un véritable miracle. Un matin, en m'éveillant, je m'aperçus que mon eczéma était parti et que ma peau était parfaitement lisse!

– J'ai déjà entendu parler d'un phénomène semblable.

– Le Dr Johnson m'a dit que cela ne reviendrait pas si je ne retournais pas en Angleterre.

– Voilà qui simplifie les choses, n'est-ce pas? Est-ce tout ce que vous vouliez me dire?

– Non... il y a... autre chose!

– Quoi donc?

Elle dissimula son visage au creux de son épaule :

– Vous m'avez dit, murmura-t-elle, que vous aviez un bon souvenir de nos conversations passées, que vous me trouviez intelligente et cultivée. Mais j'étais trop... laide autrefois pour apprendre à connaître les hommes, pour découvrir les choses de... l'amour. Alors je crains que vous ne me trouviez maladroite et... ennuyeuse!

– Croyez-vous que je vais vous laisser découvrir les autres hommes et permettre au premier venu de vous apprendre les choses de l'amour? Je tuerai celui qui osera vous toucher! Vous êtes à moi!

Il dit cela avec une telle fermeté que Dorinda frissonna :

– Vous êtes tout pour moi, ma chérie. Mon plus grand désir était de trouver réunies chez une femme ces qualités que j'ai si longtemps cherchées. Je ne savais pas que cette femme idéale existait.

Il se pencha sur elle et murmura :

– Je vous aime! Je vous aime bien plus que de simples mots ne peuvent l'exprimer.

Leurs lèvres s'unirent. Dorinda sentit monter en elle cette étrange sensation qui était à la fois plaisir et douleur. Il la tint serrée contre lui et ils ne formèrent plus qu'un seul corps. On entendait seulement le clapotis de l'eau contre la coque de la jonque et le vent qui jouait dans les voiles.

– M'aimez-vous... encore? lui demanda-t-elle d'une voix timide.

– C'est moi qui devrais vous poser cette question, mon amour.

– Je ne vous ai pas déçu?

– Ma chérie, ai-je besoin de vous dire que ce moment est le plus beau de ma vie?

Dorinda soupira longuement.

– Je ne savais pas que l'amour était ainsi...

– Ainsi?

– Comme un feu, ou plutôt une grande lumière. J'avais toujours cru que c'était un moment de douceur et de tranquillité et non cette flamme vive et intense qui embrase le corps...

Il sourit et l'embrassa sur le front.

– Vous l'avez décrit très exactement. C'est ce que les Chinois appellent « la lame acérée de la joie suprême ».

– Oh! Max, je sais maintenant... murmura-t-elle.

– Que savez-vous?

– Ce que signfie votre peinture chinoise, celle dont je n'avais pas compris le sens!

– Alors, dites-le-moi.

– Les deux torrents qui se rejoignent sous le pont évoquent l'homme et la femme unis par les liens du mariage. Les nuages sont le ciel de notre vie... de notre vie de tous les jours... Mais les sommets enneigés qui dominent tout symbolisent l'extase que nous connaissons dans l'amour.

– Est-ce ce que vous avez ressenti... avec moi?

– Oui... et vous le savez!

– Oh! Ma chérie, c'est tout ce que je désirais.

– Je suis prête à vous aimer jusqu'à l'agonie s'il le faut, mon amour.

Les yeux de Dorinda brillaient d'un éclat presque surnaturel et, dans la lumière de cette chambre, son teint évoquait les perles les plus précieuses.

– Vous pensez encore que notre mariage était une erreur?

– Oh! non, non, mon amour, je suis tellement heureuse.

Alors Maximus la serra contre lui et l'embrassa délicatement.

– Maximus, je vous aime, vous êtes mon maître... et le maître de Singapour.

Ses lèvres se rendirent à ses baisers et leurs corps se mêlèrent dans une longue étreinte...

Editions J'ai Lu, 31, rue de Tournon, 75006 Paris

diffusion
France et étranger : Flammarion, Paris
Suisse : Office du Livre, Fribourg
diffusion exclusive
Canada : Éditions Flammarion Ltée, Montréal

Achevé d'imprimer sur les presses de l'imprimerie Brodard et Taupin
7, Bd Romain-Rolland, Montrouge. Usine de La Flèche,
le 15 avril 1982
6701-5 Dépôt Légal avril 1982. ISBN : 2 - 277 - 21309 - 8
Imprimé en France